LE FIL DE SOIE

Le fil de soie, c'est le lien ténu mais indestructible qui relie Odile, créatrice célèbre de la haute couture parisienne, à son enfance provinciale, pauvre et sauvage. Le fil de soie, c'est encore ce qui tient ensemble les morceaux épars de la vie d'Odon, taillée en pièces par les aléas de l'Histoire et vouée aux incertitudes. Le fil de soie, c'est surtout l'image de la passion qui va nouer les existences de la star de la mode et de son jeune amant : brillante, légère, impalpable et à l'épreuve du temps.

De ces fils, Odile et Odon vont tisser un cocon secret. Un pour deux. A l'insu du monde, ils vont s'y enfermer et laisser les années accomplir la mue, opérer la métamorphose. Le jeune Odon va peu à peu s'identifier à Odile, et dans cette osmose, transformer sa silhouette, son allure et jusqu'à sa voix, au point que bientôt on ne les distinguera plus l'un de l'autre.

Michèle Gazier est née à Béziers. Elle est critique litté-raire à Télérama. *Elle a traduit et fait connaître en France des écrivains espagnols, dont Manuel Vázquez Montalbán et Juan Marsé. Elle est l'auteur de plusieurs livres de fiction, dont* Nativités *(Seuil, 1995),* Un cercle de famille *(Seuil, 1996) et* Le Merle bleu *(Seuil, 1999).*

DU MÊME AUTEUR

Romanciers du XXᵉ siècle
en collaboration avec Pierre Lepape
Marabout, 1990

Romanciers du XIXᵉ siècle
en collaboration avec Pierre Lepape
Marabout, 1991

En sortant de l'école
Julliard, 1992
et « Points », nº P594

Histoires d'une femme sans histoire
Julliard, 1993
et « Points », nº P673

Nativités
Seuil, 1995
et « Points », nº P211

Un cercle de famille
Seuil, 1996
et « Points », nº P447

Sorcières ordinaires
Calmann-Lévy, 1998
et « Folio », nº 3198

L'Été du secret
Seuil/Jeunesse, 1999

Les Vitrines Hermès :
contes nomades de Leila Menchari
Imprimerie nationale, 1999

Le Merle bleu
Seuil, 1999
et « Points », nº P786

Michèle Gazier

LE FIL
DE SOIE

ROMAN

Éditions du Seuil

TEXTE INTÉGRAL

ISBN 2-02-055719-3
(ISBN 2-02-050091-4, 1ʳᵉ publication)

© Éditions du Seuil, septembre 2001

www.seuil.com

Ce livre appartient à Pierre.
Simone, Marcelle, Rose et Leila en ont, sans le savoir,
accompagné l'écriture.

Suivre ton bras toucher ta bouche
Être toi par où je te touche
Et tout le reste est des idées.

LOUIS ARAGON, *Le Fou d'Elsa.*

Prologue

La maison disparaît sous la vigne vierge et le lierre qui s'en disputent les façades. Bientôt, de la route, on ne verra plus qu'une masse de verdure à peine plus sombre et compacte que la végétation qui la cerne. Ici, dans cette vallée humide qu'a creusée la Juine, la nature devient vite folle. Privilège de la nature sur l'homme : lorsqu'elle devient incontrôlable, on dit qu'elle reprend ses droits.

Le chemin qui conduit à cette bâtisse oubliée qui fut pour tous, à des âges divers, et ce depuis plus de cent ans, le château, est lui aussi envahi de graminées, de pissenlits et d'orties blanches et vertes. Une rhubarbe géante domine le fouillis végétal. Ses grandes feuilles aux nervures d'un rouge sombre sont les derniers vestiges d'un temps révolu. Celui où le Tout-Paris de l'art et de la mode se rendait à bride abattue aux invitations d'Odile qui les lançait avec parcimonie. Car Odile, la chère Odile qui faisait la une des magazines, Odile la coqueluche des gens chic, avait l'âme paysanne et la méfiance chevillée au corps. Elle invitait peu mais bien. Ses amis avaient tous quelque chose à lui apprendre ou à lui apporter. Elle les pillait avec douceur. Ils regagnaient Paris éblouis par la simplicité luxueuse de son accueil et, dans le fond, conscients d'avoir donné plus qu'ils n'avaient reçu. Mais au diable la mesquinerie. Être l'hôte d'Odile était un privilège comparable à celui d'être admis au Jockey Club ou d'être

11

convié à une partie de chasse à Rambouillet par le président de la République en personne.

Mais entre les années déjà lointaines de sa gloire et celles de sa mort, le château et son jardin – on disait « son parc » – avaient perdu de leur superbe. La propriété d'Odile avait sombré avec elle. Lent naufrage précipité par les deux morts d'Odile survenues à deux ans d'écart. La deuxième semblait définitive. Elle remontait à six ans. Ils avaient été nombreux à suivre le cortège. Non par sympathie, mais parce qu'il fallait être là. Il y avait les Parisiens, ceux qui ne connaissaient d'elle que son image et qui voulaient associer la leur à son histoire, et les gens du cru chez qui avaient circulé un certain nombre de ragots. Les voisins proches qui regardaient souvent du côté du château avaient observé la disparition de la longue silhouette de la vieille étoile défunte, bien avant qu'on ne la déclare morte et qu'on ne l'enterre. Parfois, cependant, à deux ou trois reprises, elle avait reparu tel un fantôme, errant près des cèdres noirs où reposaient les corps des anciens châtelains. Serait-elle morte deux fois ?… Toute sa vie, elle avait suscité une infinité de légendes, dorées ou noires selon les époques. Sur la fin, l'ombre et le malaise avaient gagné la partie. On la disait sorcière, prédatrice, maléfique. On la fuyait. Jadis, lorsqu'elle était jeune, belle, créatrice et adulée, la presse unanime lui concédait le titre flamboyant de « fée ». Ce qui la faisait sourire et répondre avec cette fausse candeur dont elle jouait en public :

– Hélas, de la fée, je n'ai que les doigts.

Aujourd'hui, plus personne ne savait vraiment qui était Odile. Les images se bousculaient, toutes aussi outrées, aussi fausses les unes que les autres. Odile avait réussi sa sortie. Elle était devenue un mystère. Plus tard, dans quinze ou vingt ans, lorsque les jeunes créateurs du moment prendront conscience de l'originalité de ses modèles, de la modernité de son regard, de sa vision si juste des relations sociales, de son sentiment sur les rapports hommes-femmes, des biographes voudront sûrement reconstituer son itinéraire. Ils plongeront dans les archives des journaux. Ils chercheront les dernières vagues connaissances d'Odile, vieillardes et vieillards qui avaient croisé la route d'une Odile elle-même vieillissante. Ils traqueraient sa correspondance. Puis, bardés de documents, de témoignages, d'informations, ils écriraient sa vie. Ce qu'ils croiraient être sa vie et qui ne serait encore qu'une nouvelle légende.

Il pleut sur la vallée de la Juine. Une pluie fine et fraîche qui fait chanter la rivière et bruire les frondaisons. Le château abandonné s'enfonce dans la nuit, dans l'oubli. Le car du ramassage scolaire dépose quelques enfants sac au dos sur le bord de la route. Ils regagnent en courant leurs maisons dont on devine les silhouettes entre les arbres. Puis le silence retombe. Silence sonore des campagnes, troué de chants d'oiseaux, ponctué de ces bruits que la nature invente et qui bercent le promeneur. Dans le cimetière voisin repose Odile. Juste une pierre grise et rugueuse, peut-être du granit, que la mousse commence à lécher de sa bave verte. Sur la pierre, un nom, Odile Délie, et huit chiffres : 1906-1992. Quelqu'un a raturé maladroitement le 2 pour le transformer en 0. Mais la pluie a presque effacé la peinture noire de la rature. Est-ce la même personne qui a déposé un petit pot de bruyère que le vent a renversé ? La terre grasse bien tassée ne s'est pas répandue hors du pot. Il suffit qu'une main amie le redresse pour que l'ordre règne à nouveau sur la tombe. Odile aurait sans doute aimé que le pot fût légèrement décentré sur la dalle de pierre. Odile a toujours eu horreur de l'ordre et de la symétrie. Parce que c'est la mort, disait-elle. Et ce « mort » qu'elle prononçait en appuyant à peine sur le son r final perdait dans sa bouche un peu de sa rigueur. Odile n'a aimé que la vie. Elle l'a aimée si fort qu'elle en a eu plusieurs.

PREMIÈRE PARTIE

L'une

1

La chaleur est accablante en ce mois de juin 1912. De la cuisine où elle range la vaisselle, Mme Délie regarde son enfant qui joue à l'ombre du grand cerisier. Elle pourrait passer des heures à contempler le spectacle silencieux que lui offre la fillette. Mme Délie n'en finit jamais de s'émerveiller devant la grâce de cette petite qui lui est née tard. Odile, se répète-t-elle, est un cadeau du ciel.

Que de chemin parcouru depuis ces temps qui lui semblent désormais si anciens où elle avait quitté la maison familiale pour être placée au château ! Elle avait alors tout juste dix ans. Ses parents n'avaient guère hésité lorsque la proposition leur avait été faite par M. de Ré, le châtelain. Il cherchait une enfant pour aider la lingère qui prenait de l'âge. Il fallait que la gamine fût habile de ses doigts, propre sur elle et pieuse. Elle était tout cela, avaient juré ses père et mère, trop heureux de libérer une place à table et la moitié d'une paillasse au grenier. M. de Ré n'avait pas insisté pour en savoir plus sur l'enfant. Si elle ne faisait pas l'affaire, il la rendrait à ses parents qui travaillaient à son service à la ferme d'Authon. Tout comme il lui arrivait de leur retourner un chien que le père avait dressé pour la chasse et qu'il trouvait trop timoré ou trop brutal.

Mme Délie qui était encore très loin de se nommer ainsi – elle était simplement Rose ou la Rose – se souvenait encore de sa terreur d'enfance, lorsque la lingère du château la réprimandait pour une reprise mal faite ou un point de croix irrégulier. Elle la menaçait de la dénoncer au maître qui, à coup sûr, la renverrait chez elle – elle disait « dans sa fange ». Rose ne savait pas ce que le mot *fange* signifiait, c'est un mot que personne n'employait chez elle, mais elle s'imaginait traitée comme les chiens refusés que M. de Ré expédiait en bas de la carriole d'un coup de botte dans le postérieur et qui tombaient en gémissant sur le sol de la cour. Oui, c'est cela, il la ferait grimper dans la carriole et il la jetterait comme un chien devant la porte de ses parents.

La lingère était rude mais pas méchante. Elle grondait mais ne dénonçait jamais. Elle lui avait appris très vite à tailler des caracos, des chemises de corps ou de nuit, des tabliers dans de grands coupons de percale blanche qu'il fallait d'abord mouiller et qui séchaient en devenant rêches, presque durs, comme si on les avait trempés dans l'amidon. Le coton s'adoucissait sous le fer chaud du repassage. Le coudre était alors facile. Rose aimait surtout broder des jours. La broderie était un privilège que la lingère lui accordait lorsque, au terme d'une longue journée de lessive, repassage et ravaudage, il restait encore un peu de lumière naturelle, et qu'il était trop tôt pour avaler la soupe en vitesse et filer au lit. Les soirs de juin étaient propices à la broderie. Assise sur sa chaise basse paillée, la jeune Rose rêvassait en tirant les fils de ces grands draps bis et rugueux, des draps de métis – coton et lin – sur lesquels elle brodait des jours de Venise qui, dans son rêve, étaient de minuscules fenêtres ouvertes sur des mondes infinis.

Les cordonnets de soie d'un blanc laiteux la fascinaient. Elle caressait les fils de la pulpe de ses doigts potelés, et se confectionnait de petites bobines avec les restes. La lingère distribuait les fils avec parcimonie. Pas question de gaspiller. Mais sans doute se laissait-elle attendrir par

18

le spectacle de cette enfant timide qu'elle avait surprise bien des fois, les yeux clos, passant et repassant sa main sur la soie tendue d'une aiguillée, pareille à un musicien inspiré caressant les cordes de son violon. Rose écoutait en aveugle la musique silencieuse de la soie.

La broderie et la couture l'avaient sauvée de la ferme. On l'avait gardée au château. Lorsque les doigts de la vieille lingère Marie étaient devenus trop noueux et gourds, on avait proposé à Rose de prendre sa place. Marie deviendrait sa conseillère. Marie était née au château, elle y mourrait. On l'avait enterrée dans le caveau de famille. C'était là l'unique manière qu'avaient les Ré de rémunérer leur personnel fidèle auquel ils ne versaient par ailleurs que quelques maigres émoluments. Ils étaient persuadés – ou peut-être feignaient-ils seulement de l'être – que ces gens-là ne sauraient pas quoi faire d'un pécule supérieur. Reposer pour l'éternité à côté des maîtres était en revanche le couronnement d'une existence dévouée. La récompense suprême. Une image terrestre du paradis.

Les ouvrages de Rose avaient séduit Mme de Ré. Elle avait présenté la jeune fille alors âgée de seize ans à sa couturière qui avait immédiatement compris que les talents de Rose ajoutés aux siens pourraient faire merveille. Rose à qui l'on avait donné une fillette, arrachée comme elle à la pauvreté des siens, pour l'aider dans ses tâches les plus ardues, avait alors découvert la volupté des tissus moelleux, des lainages fins, des velours frissons. Elle conservait pour la percale blanche cet attachement que l'on garde pour celui ou celle qui vous a appris la volupté, mais dont le corps désormais vous semble fruste et vous est devenu indifférent. On n'oublie pas un premier amour, mais on en a d'autres… Rose avait une passion pour l'étamine de laine si douce. Mais elle eut son vrai coup de foudre en découvrant le twill de soie…

Elle n'oublierait jamais cette pièce de soie blanche

dans laquelle la couturière de madame avait taillé un boléro très court et large ; elle lui avait demandé de broder à hauteur de poitrine, autour du cou et au bord des manches, un motif de feuilles de vigne et de pampres enlacés. Le boléro serait porté sur une longue robe noire. Rose avait suggéré un fil de soie épais de couleur grège marié à un fil très fin d'or mat. Elle aurait voulu que l'ouvrage durât jusqu'à la fin des temps. Lorsqu'elle évoque ce travail, elle a encore des frissons au bout des doigts. Elle se dit parfois qu'avant la naissance d'Odile, c'était son plus beau souvenir. A présent, il vient en second. Dans son cœur et sa vie, Odile aura toujours la première place...

Depuis le moment où elle s'est installée sous le cerisier, il y a bientôt deux heures, la petite n'a pas bougé. Elle est assise sur ses talons, la tête penchée. De la cuisine, Mme Délie ne voit pas son visage, uniquement ses courtes boucles blondes. Seules les mains de la fillette semblent bouger.

La chaleur est intense, une chaleur de plein été en cette fin de printemps. L'herbe roussit par plaques. La pelouse est mitée. Au château, le jardinier se plaint de la sécheresse. La Juine est basse pour la saison. Quand ils rentreront de Paris, les maîtres seront furieux si les rosiers piquent du nez ou si les derniers lys sont déjà flétris. Madame se fâchera. Madame se fâche toujours. Madame, la nouvelle madame, est plus jeune que Rose la lingère qui l'appelait Amélie et la tutoyait lorsqu'elle était enfant. C'était avant son mariage avec le jardinier Délie, avant son emménagement avec lui dans l'une des dépendances du château.

Amélie de Ré est la fille unique du couple et l'héritière des terres, de la demeure et du domaine. Elle n'a pas l'élégance de sa défunte mère dont elle a vidé les placards sans ménagement. Elle a pris sa succession sans états d'âme. Elle veille d'un œil distrait sur son vieux père qu'elle emmène parfois avec elle à Paris. Elle n'a pas encore de mari, malgré les nombreux prétendants qui lui tournent autour, et mène grand train dans la capitale. Aux robes de Mme Souiris, la couturière, brodées par Rose, Amélie préfère les créations des grands stylistes du moment.

Depuis qu'Amélie a pris la maison en main, Rose a changé de fonction. Elle est devenue une sorte d'intendante du château. Elle gère l'absence de sa maîtresse et prend soin du maître lorsqu'il est là. A la mort de son épouse, il a cessé de s'intéresser à la vie. Seules la chasse et la petite Odile l'amusent encore. Lui que les enfants n'ont jamais passionné – Amélie en sait quelque chose – s'est pris d'affection pour la fille de sa lingère et de son jardinier. Il lui arrive de l'emmener avec lui lorsqu'il va pêcher dans la Juine. Odile sait garder le silence, ne pas effrayer le poisson. Elle aime caresser le dos étincelant des truites. Leurs écailles ressemblent à ces paillettes que sa mère cousait avant sur les corsages de la vieille maîtresse. Elle aime aussi composer des grands colliers de feuilles cousues d'aiguilles de pin.

Tout ce que touche ou observe cette enfant devient beau, se dit Rose en regardant sa fille. Odile a la grâce. Odile est une fée.

2

Du temps harmonieux de son enfance, Odile ne gardera que peu de souvenirs. Elle en livrera quelques bribes à ses proches. N'en dira pas un mot aux nombreux journalistes curieux de son passé. En revanche, elle leur racontera par le menu les vexations multiples de sa vie d'écolière.

Le château était un paradis trop intense, trop coupé du reste du monde pour lui permettre de pénétrer normalement dans la vie ordinaire. Elle avait aimé la solitude du jardin familial – en réalité, un coin de parc que les maîtres avaient abandonné à leurs serviteurs zélés –, puis, lorsque M. de Ré avait commencé à s'intéresser à elle, celle du parc tout entier dans lequel elle pénétrait comme on entre dans un rêve. Elle aurait pu utiliser la porte grillagée qui donnait accès à la maison du jardinier. Mais se glisser à travers la haie de troènes, se faire toute menue et se faufiler entre les branches, était autrement plus amusant. C'était comme traverser les murs et s'introduire par enchantement dans un autre monde, enchanté comme il se doit. Le petit lutin en jupe à volants et boucles blondes, gourmand de contes et de rêves, devenait aussitôt une princesse. Pas besoin de baguette magique ni de bonne fée. Derrière la haie, le château et ses grands arbres exerçaient sans faillir leur sortilège. De cela, elle ne livrera rien à personne.

Elle aimera raconter comment, un matin de septembre, à six ans révolus, son père l'a conduite à l'école de la ville voisine. Elle évoquera avec tendresse et émotion la blouse noire qui tenait lieu d'uniforme, la maîtresse austère dont elle avait si peur et la dizaine de gamines délurées, de vrais citadines, bien disposées à mettre en boîte cette petite gourde trop gâtée.

Elle avait pris un certain temps pour comprendre que les écolières regardaient avec ironie – peut-être avec envie, s'avouerait-elle plus tard – ses cols Claudine brodés de cerises ou de myosotis qui égayaient l'affreux uniforme noir. Les souliers vernis qu'elle arborait au printemps avaient aussi été l'objet de bien des moqueries. Ses camarades de classe n'avaient de cesse de lui marcher sur les pieds pour tartiner de boue et de poussière le cuir brillant et si fragile. Jamais elle ne parviendrait à s'intégrer. Mais l'avait-elle vraiment souhaité ?

La nuit, il lui arrivait de rêver qu'elle ressemblait aux autres. Qu'elle n'était pas plus soignée, plus coquette, plus jolie qu'elles. Ce moment-là de son récit émoustillait toujours ses interlocuteurs. Mais elle poursuivait, insensible à leurs regards langoureux, à leurs sourires flatteurs, à leurs avances.

Jamais pourtant elle n'aurait osé avouer à sa mère qu'elle était la risée ou du moins le souffre-douleur de sa classe. Son orgueil et l'amour qu'elle portait à cette femme lui interdisaient toute sensiblerie. Jamais elle n'infligerait aux siens le poids de ses vexations. Elle n'avait pas failli à sa promesse. Un jour, elle était montée en larmes dans la carriole de son père, le visage maculé de sang et de poussière parce qu'une des filles avait grimpé sur son bureau et lui avait donné un coup de pied dans la bouche lui cassant une incisive et lui fendant la lèvre. Il l'avait interrogée, s'était inquiété, avait suggéré à sa femme d'aller parler à la maîtresse. Il était trop timide pour le faire lui-même. Pourtant, même ce jour-là, elle n'avait pas parlé.

– Je me suis cognée, avait-elle déclaré d'un ton ferme.

Elle s'en tiendrait là. Rien de sa vie d'élève ne devait transpirer. Avouer à sa mère si attentive ou à son père indifférent à force d'être rêveur qu'on la battait, qu'on l'insultait, qu'on souillait d'encre ses cahiers et surtout ses dessins, aurait été à ses yeux un viol d'intimité. Elle avait bâti avec obstination une cloison étanche entre sa vie scolaire et sa vraie vie.

Elle arrêtait là son récit public, refusait d'en dire plus. En réalité, elle gardait pour elle la vraie raison de son silence d'alors. Elle ne voulait à aucun prix faire se rencontrer l'enfer et le paradis. Mais elle ne pouvait pas le formuler ainsi car son interlocuteur n'aurait pas manqué de lui demander ce qu'avait été pour elle le paradis. Et ce paradis resterait son secret.

Elle n'en parlerait à personne. A presque personne. Authon, lui, saura. Pour l'heure, il n'est pas encore entré dans la vie d'Odile, ni du reste dans la vie tout court. Il est encore dans les limbes de son histoire. Dans les années 45-46 de son apogée de styliste, lui est encore un enfant. Son vrai nom ne sera pas Authon. Mais de cela il sera question plus tard.

Pour l'heure, Odile est encore écolière. Du moins se souvient-elle de ce temps odieux, des mauvaises notes en classe. Du froid et de la pluie sur la carriole le matin et le soir. Elle n'aime que les jeudis, les dimanches et les vacances. Surtout les grandes.

Dès les premiers jours de l'été, que les élèves célèbrent en chantant, en hurlant : « Vive les vacances/Point de pénitences/Les cahiers au feu/Et les maîtresses au milieu ! », Odile court se réfugier dans le parc. Pour son anniversaire, elle a demandé de grandes feuilles de papier à dessin dont on sent le grain à la fois doux et rugueux sous les doigts. C'est M. de Ré qui les a rapportées de Paris.

Rose, sa mère, les lui avait commandées. Il a glissé une grosse boîte de fruits confits dans le sac et a livré le tout à son jardinier avec cet air hautain qu'il conserve avec les domestiques mais qu'il perd dès qu'Odile apparaît. Odile a remercié pour les fruits si beaux et si luisants dans leur coffret de bois garni de copeaux de papier huilé. Elle a horreur de tout ce qui est sucré. Par chance, il ne le sait pas. Quoi qu'il en soit, elle aime toujours mieux le spectacle des aliments que leur consommation. Elle éprouve un réel plaisir à regarder les cerises perlées de sucre et les poires ventrues d'un rose rutilant. Mais ce qu'elle préfère entre tout, ce qui la ravit, c'est l'angélique dont le vert presque transparent des tiges évoque les pâtes de verre colorées des lampes du château.

De ses crayons de couleur, elle dessine de mémoire les fruits, avec application. Elle pourrait y passer des heures. Elle y passe des heures. La chaleur humide de cet été débutant invite à l'ombre et à la fraîcheur. Elle a retrouvé son coin favori de jardin, sous le grand saule pleureur dont les branches tombent jusqu'à terre. Là, dans le cocon des rameaux alanguis d'un vert si tendre qu'il en paraît jaune, elle s'invente un monde où personne n'a de place.

Le dessin des fruits est un cadeau pour le maître, qu'elle peaufine avec cette patience étonnante chez une enfant si jeune. Patience qui surprenait, voire inquiétait, sa mère lorsqu'elle était petite. Quand Odile avait à peine trois ans, elle s'asseyait à même le sol, le plus souvent loin des adultes, et jouait avec n'importe quoi – des papiers de soie, des bolducs, des rubans, des bouts de fil ou de laine – en chantonnant tout bas. Elle pouvait rester des heures ainsi, à composer d'étranges figures, qu'elle appelait poupées, du bout de ses doigts menus étrangement habiles pour son âge.

En classe, Odile n'aime que le dessin. Elle excelle dans cette matière que ses camarades jugent sans importance et à laquelle l'institutrice ne consacre qu'une heure hebdomadaire.

Odile avait tout juste huit ans lorsqu'elle a commencé à esquisser des profils et des silhouettes de femmes. Avant, elle dessinait surtout des fleurs, des feuilles, des fruits, des arbres, des châteaux qui ressemblaient vaguement à celui des Ré. Jamais de gens. Puis un jour, sans que personne ne sache pourquoi, est apparu un profil de jeune fille avec de longs cheveux ondulés – des cheveux de sirène, dirait-elle plus tard – dans un coin du cahier de brouillon. Des mois durant, les profils se sont succédé, toujours dans la partie gauche de la page. Toujours orientés de la même manière. Odile ne dessinait que des profils gauches, nez tournés vers l'extérieur de la page, chevelures débordant de plus en plus la marge matérialisée par un trait rouge, pour envahir la surface quadrillée de mauve sur laquelle s'amenuisait l'espace réservé aux opérations de calcul et aux exercices d'écriture.

Il était de jour en jour plus difficile de dissimuler ces encombrants croquis à l'institutrice : elle relevait aussi de temps à autre les cahiers de brouillon pour, disait-elle, « corriger les erreurs qui y traînent et qui s'impriment bien plus fort dans les jeunes mémoires que les choses justes toujours enclines à s'envoler ».

Le passage du profil plus ou moins discret à la longue silhouette qui ne pouvait pas, elle, être cantonnée dans les marges marqua le début d'une longue lutte entre l'école et la fillette. La maîtresse avait d'abord souri des dessins naïfs de son élève. Elle l'avait invitée à garder ses dons d'artiste pour les cours concernés ou pour les vacances. Mais comme le flux des esquisses ne cessait de croître, l'enseignante se fit un devoir de punir l'obstinée. Copie de centaines de lignes, exercices de calcul n'arrivèrent pas à dissuader Odile. Convocation des parents, menace d'exclusion, rien n'y fit. Odile dessinait comme on respire : pour vivre.

Il était évident qu'elle avait du talent. Mais en ce temps-là, on se souciait peu du talent des filles. Il était déjà bien beau qu'on leur fît la classe... Le père d'Odile n'avait pas d'avis sur la question. Sa mère lisait dans les dessins de sa fille cette même passion qu'elle avait éprouvée à dix ou douze ans, lorsque la vieille lingère lui avait permis de broder les draps des maîtres et qu'elle s'abandonnait alors au bonheur simple de rêver des lignes et des points qui se formaient comme par miracle sous ses doigts enchantés. Oui, sa fille lui ressemblait. Elle serait la première à voir en elle la styliste inspirée qui, quelque trente ans plus tard, révolutionnerait le monde de la mode et le rapport du corps des femmes à l'espace. Sans doute ne l'avait-elle jamais formulé ainsi. Rose n'était pas femme à se gargariser de formules savantes. Elle se disait simplement avec ses mots de tendresse, ses mots de mère : cette petite ira loin.

3

Quarante-deux ans séparaient Odile et sa mère. Cette différence inquiétait beaucoup Rose. Elle craignait de ne pas avoir le temps de conduire sa fille jusqu'au bout du chemin, c'est-à-dire, pour elle, jusqu'aux vingt et un ans de sa majorité. Mais lorsque Odile aurait vingt et un ans, Rose en aurait soixante-trois... C'était déjà la vieillesse. Odile qui tremblait de voir sa mère s'inquiéter ainsi ne se doutait pas alors en regardant le visage flétri d'une Rose quinquagénaire avancée qu'elle-même traverserait la cinquantaine, puis la soixantaine, avec autant d'allégresse. Ce serait le temps miraculeux de ses amours d'automne, de la flamboyante passion d'Authon, de trente ans son cadet. A la presse venue la fêter pour ses quarante ans de haute couture, elle avait avoué qu'elle savait désormais dans sa peau et sa chair que l'acmé existait. Elle l'avait atteint et en était comblée. Certains s'étaient étonnés de cette référence à la pensée grecque qui voulait que l'on fût au sommet de ses aptitudes et dans la pleine possession de ses dons et de soi à cinquante ans. Pensée qui, chez les Grecs, ne concernait bien sûr que les hommes. Mais comme elle aimait le glisser en riant à ses interlocuteurs surpris : « Hommes, femmes, je n'arriverai jamais à bien faire la différence. »

Au terme d'une scolarité sans gloire qui ne lui ouvrait aucun avenir réel, Odile savait très bien ce qu'elle ne voulait pas être – femme de ménage, bonne à tout faire, lingère – mais elle ignorait encore ses véritables désirs. Elle ne ferait pas d'études, c'était certain. Mais elle ne rentrerait pas dans le rang pour autant. Une seule de ses camarades de classe avait l'ambition de devenir institutrice. Elle intégrerait l'école supérieure pour y préparer le brevet du même nom. Les autres, certificat d'études en poche – mais encore fallait-il l'obtenir –, iraient travailler chez leurs parents commerçants de la ville. Tenir la caisse de la charcuterie familiale ou celle du marchand de couleurs ; débiter du ruban chez la mercière ou vendre des boutons étaient des activités que ces adolescentes dodues dont les tabliers noirs trop étriqués écrasaient les poitrines abondantes ne considéraient pas comme punitives, ni même aliénantes. Elles se marieraient la vingtaine sonnée, auraient des enfants… L'idée d'un métier rien qu'à elles leur était étrangère.

Rose tremblait que sa fille fût recalée au certificat d'études. Ses résultats scolaires étaient médiocres. Ses notes frôlaient la moyenne mais avaient du mal à l'atteindre ou à la dépasser. Le père, lui, avait toujours l'air indifférent aux choses de la vie quotidienne. C'était sa manière de se montrer discret. En réalité, il rêvait en silence de voir sa fille chérie s'intéresser aux fleurs. A défaut d'être jardinière, une gamine comme elle, si fine et distinguée, le portrait de sa mère, pouvait se passionner pour l'horticulture, ou simplement devenir fleuriste. Il s'imaginait la conseillant discrètement, partageant avec elle la fraîcheur d'une corolle, le parfum subtil d'une rose thé, s'émerveillant de la finesse d'une branche d'asparagus. Jean Délie, que son maître au château, et à sa suite tout le monde, appelait « le Délie » et dont on semblait avoir oublié le prénom, n'avait pas peur de l'avenir. Et même s'il avait à deux ans près l'âge de sa femme, il ne songeait jamais à ce moment inéluctable où il ne serait plus là pour veiller sur la plus jolie fleur de son jardin. L'avenir ressemblait pour lui à cette roseraie qu'il était si fier de maintenir en fleur au long de l'année. Tous les rosiers ne donnaient pas en même temps, mais au cœur des hivers les plus rigoureux Délie s'enorgueillissait de montrer à ses maîtres, aux domestiques et aux visiteurs du château quelques roses chlorotiques, semblables à des gouttes de lumière pâle au bout de tiges effeuillées. Ces fleurs avaient la délicatesse et la fragilité des roses de soie aux reflets nacrés que sa femme confectionnait jadis pour en décorer les robes du soir de la châtelaine.

Le certificat d'études fut une épreuve pour Odile. L'exercice de calcul l'avait désarçonnée. Elle n'avait rien compris à ce problème de robinet qui fuit qu'elle évoquerait plus tard en remarquant, narquoise, ne s'être jamais intéressée à la plomberie. La dictée, un texte de Victor Hugo tiré des *Misérables*, lui avait semblé plus facile. C'est pourtant elle qui la conduirait au bord du gouffre de l'échec. Les sciences naturelles, alors baptisées leçons de choses (décrire le cycle de la vigne), n'apporteraient ni n'enlèveraient rien à sa moyenne. Par chance, les épreuves annexes – chant (interprétation de deux couplets de *La Marseillaise*), récitation (le poème « La lune » d'Alfred de Musset), dessin (illustration dudit poème) – lui avaient permis de se renflouer et de passer la barre fatidique. Elle était reçue, avec des notes médiocres, comme à son habitude, mais reçue tout de même. La proclamation des résultats avait fait verser des larmes de bonheur à Rose. Odile, elle, n'éprouvait rien de spécial. Elle aurait quatorze ans dans quelques jours. Elle avait son certificat d'études. Elle ne savait rien de son avenir.

Les vacances qui suivirent furent à la fois heureuses et angoissées. Rose aurait aimé que sa fille se détermine, qu'elle dise enfin ce qu'elle voulait faire quand elle serait grande, autrement dit demain. Odile, elle, ne voulait rien savoir de ce que lui proposait timidement sa mère, à la demande de Mlle de Ré qui envisageait volontiers de prendre cette petite gourde d'Odile à son service à Paris pour tenir son appartement des Grands Boulevards. Odile ne répondit rien à la proposition. Ses oreilles et tout son corps refusaient d'entendre sonner le glas de sa liberté, de son ambition informulée. Certes, elle pouvait rester encore un peu à la maison et aider sa mère et son père au château. Mais de cela non plus il n'était pas question. Elle ne serait pas domestique. Jamais. Les places de vendeuse, de caissière étaient chères dans les petites villes voisines. Non, elle ne voulait pas entrer comme apprentie culottière chez une certaine Mme Imale, de Méréville. Ni curer les ruisseaux et nourrir les truites de la pisciculture voisine qui embauchait volontiers des jeunes gens à la fleur de l'âge parce qu'ils sont peut-être inexpérimentés mais si valeureux, clamait le patron. Il ne cachait pas son faible pour les filles, moins résistantes, mais dont les fesses rebondies sous le vaste tablier de toile attiraient irrésistiblement ses mains rougeaudes couvertes d'engelures. Odile avait horreur de l'odeur fade du poisson de rivière. Elle n'aimait pas voir ces truites prisonnières. Elle détestait surtout le regard graveleux du patron qui passait parfois chez son père pour lui apporter des bottes de cresson et prendre quelques boutures.

Comment Odile eut-elle connaissance des ateliers Lisset installés à Méréville ? Nul ne le sait. Jamais Odile ne fit allusion à une première rencontre ou à un quelconque informateur ou intermédiaire. Le fait est qu'un beau jour elle déclara à sa mère qu'elle voulait bien entrer en apprentissage aux ateliers Lisset. Rose ignorait tout de Lisset et de ses ateliers. M. de Ré, lui, avait l'air de connaître un vieux Lisset, aujourd'hui disparu, qui, disait-il, avait travaillé avec des peintres, était lui-même décorateur et avait eu sa petite heure de gloire à la fin du siècle dernier en participant à la décoration d'un théâtre à l'italienne dans une ville dont il ne savait plus s'il s'agissait d'Étampes, de Pithiviers ou même d'Orléans. Le fils de ce vieux Lisset avait repris l'atelier paternel. Il avait connu à Paris des gens de la mode ou du spectacle. Tout cela était bien vague. Quoi qu'il en soit, il travaillait à présent pour des filatures du Nord et des soyeux de Lyon. Lui et quelques apprentis ou employés inventaient les dessins des imprimés dans lesquels les grands de la couture et de la confection tailleraient vêtements, foulards, tissus d'ameublement, rideaux… L'idée de passer sa journée à dessiner des motifs tirés de son imaginaire ou à reproduire le plus fidèlement possible des fleurs, des feuilles, des papillons ou des oiseaux enchantait Odile. Certes, elle devrait acquérir une technique, ne pas s'énerver lorsqu'elle se tromperait, être à son travail dès huit heures du matin.

Lisset habitait une vaste demeure dont une grande partie était consacrée à l'atelier. Le reste – une cuisine immense et des chambres – tenait lieu de pension de famille. Il logeait ses apprentis, tous des jeunes garçons, et avait chargé Léone, sa vieille et autoritaire gouvernante, de les nourrir et de les blanchir. Seul l'ouvrier qualifié préposé à la couleur avait son appartement ailleurs et vivait avec son épouse, non loin de là. Lisset aimait avoir son monde sous la main. Chez lui, la notion d'horaire n'existait pas. Surtout quand il fallait terminer la préparation de la collection.

Quand le père Délie était allé le voir pour lui demander de prendre sa fille en apprentissage, Lisset avait été surpris, mais n'avait rien manifesté. Sans doute l'idée qu'une fille pût s'intéresser à la peinture lui semblait-elle farfelue mais pas idiote.

– Une fille? Pourquoi pas, dans le fond, avait-il marmonné de sa voix sourde d'homme peu habitué à prendre la parole.

Délie avait apporté quelques dessins d'Odile pour montrer ce dont la gamine était capable. Lisset n'avait fait aucun commentaire, mais il avait demandé à voir la fille

Le 10 septembre 1920, Odile entrait comme apprentie dessinatrice chez Lisset. Elle habiterait sur place, prendrait ses repas avec les garçons, mais dormirait sous la protection de Léone dans l'alcôve attenante à sa chambre. Pas de promiscuité avec les hommes en dehors du travail. Elle aurait son dimanche après-midi. Pendant trois mois, elle serait à l'essai et ne toucherait rien. Ensuite, on verrait selon...

Pour commencer, elle dessinerait des grecques et des frises, des frises de grecques à la mine de plomb. L'encre de Chine serait pour plus tard. Quant à la couleur...

A son amant Authon, Odile dira que c'est de cette époque uniformément noire et blanche que datent ses premiers rêves en couleurs.

4

Les apprentis qualifiés du père Lisset avaient tous trois seize ans. Un âge de douceur et de violence qui toujours fascinerait Odile. Ainsi Authon avait-il dix-sept ou dix-huit ans lorsqu'il croisa son chemin pour la première fois. Elle penserait alors en voyant le visage parfaitement lisse du jeune homme, rencontré par hasard un soir d'opéra au théâtre de Nîmes, qu'il avait l'émouvante beauté de ses premières amours. Quand elle le reverrait presque un an plus tard, Authon aurait déjà ce soupçon de barbe d'un roux pâle qui auréolait l'ovale très pur de son visage. Il lui semblerait à la fois moins intéressant et plus lumineux. En fait, durant les années qu'ils vivraient ensemble, elle ne cesserait de chercher en lui le fantôme de son adolescence. Elle ne se consolerait jamais de le voir vieillir.

Mais la gamine innocente qui débarquait chez le père Lisset en cet automne 1920 était loin d'avoir ce regard évaluateur, calculateur, de la femme mûre et sûre de son charme qu'elle deviendrait. Même si, avec ses boucles d'un blond vénitien, sa peau transparente et ses immenses yeux très bleus, elle ne pouvait que faire tourner la tête aux dessinateurs en herbe qui n'en revenaient pas de travailler avec une fille, et qu'en plus elle fût jolie.

Les premiers temps, elle avait du mal à s'habituer à l'absence de sa mère qui jusqu'alors s'était toujours tenue à son côté, silencieuse mais si présente. Sa mère était un ange gardien qui la comprenait en deçà et au-delà du langage. Leur amour se passait de paroles, voire de gestes. Et lorsqu'elles étaient dans une même pièce, chacune dans son univers de broderie ou de dessin, un visiteur importun venant ainsi les surprendre aurait sans doute pu percevoir les ondes si fortes, quasi palpables, qui les unissaient. Rose n'était pas femme à quitter sa demeure pour aller en visite. Surtout s'il s'agissait de visiter sa fille, de la voir devant tout le monde, de lui dire des phrases banales, de ne pas pouvoir tisser ce cocon de tendresse muette dans lequel elles s'étaient épanouies ensemble. Rose préférait envoyer son mari aux nouvelles. Délie, lui, était heureux de ces courts moments passés à l'atelier. Il arrivait généralement en fin d'après-midi, quand le travail au jardin s'avérait impossible. De loin, Odile entendait le bruit particulier de sa carriole dont un essieu grinçait. Son père la serrait brièvement dans ses bras, apportait des friandises, des gâteaux cuisinés par Rose, dans des serviettes à carreaux brodées à leurs initiales. Parfois, il apportait aussi une bouteille de vin de noix qu'il offrait à Lisset. Celui-ci, s'il était bien luné, sortait des verres dépareillés du dernier tiroir de son bureau et en servait deux doigts aux trois apprentis, à son ouvrier, à Délie et à lui-même, tandis qu'Odile, dont personne ne se souciait, poursuivait son travail, le front penché sur sa feuille de papier velouté.

Elle préférait que son père ne s'attarde pas. Elle n'aimait pas entendre les hommes plaisanter ensemble, le vin aidant, sur des sujets qui la mettaient mal à l'aise. Elle détestait alors le rire de son père, un rire naïf, forcé, un rire de timide qui fait semblant de partager les blagues douteuses pour être comme les autres.

On ne riait cependant pas beaucoup dans l'atelier Lisset. Du moins quand le patron était là. Il était dur à la tâche et soucieux du rendu des commandes. L'ouvrier, qui n'habitait pas sur place et qui rentrait chez lui très tard pour rejoindre sa femme et son jeune enfant, n'était pas non plus un plaisantin. Odile n'aimait guère sa manière d'appliquer à la lettre les ordres du patron. Elle le trouvait médiocre. Un bon exécutant, sans fantaisie. Elle, en revanche, en avait à revendre. Lisset n'appréciait pas sa volonté de brûler les étapes. Sans doute la savait-il douée. Un peu trop peut-être pour ce qu'il comptait exiger d'elle. Il fallait qu'elle apprenne les techniques au plus vite pour être rentable. Pas question qu'elle se mette à inventer. La tête ici, c'était lui.

Les trois apprentis qualifiés étaient de drôles de mousquetaires. Toujours ensemble et si proches physiquement qu'on les eût dits frères. Ils venaient tous trois de villages alentour. Leurs parents n'avaient pas assez de terres pour leur en confier des parts. Alors, il leur avait fallu apprendre un métier. Le dessin n'était pour aucun d'entre eux une vocation. Juste une opportunité. Ce qui ne signifiait en rien qu'ils ne fussent pas de bons apprentis. Le premier ayant Roussel pour patronyme, Lisset avait rebaptisé les deux autres, arrivés quelques mois plus tard, Caen et Bayeux, à cause de la fameuse chanson de Cadet Roussel qui avait un œil à Caen et l'autre à Bayeux. Odile, elle, fut illico « la Gamine » ou simplement « Gamine ». Seuls les apprentis l'appelaient en privé par son prénom. Une manière comme une autre de tenter de la séduire.

A l'école, au château, Odile n'avait jamais vécu dans l'univers des garçons. Ils étaient un mystère qui jusque-là ne l'avait guère troublée. Tout allait changer à Méréville. Roussel, Caen et Bayeux lui firent les yeux doux, d'abord pour se rassurer : la Gamine n'allait tout de même pas leur arriver à la cheville question boulot. Mignonne, certes, mais gonzesse quand même. Donc bandante mais handicapée. Plus tard, ayant compris et accepté sa supériorité artistique, ils tomberaient carrément amoureux d'elle.

Était-ce par ignorance des choses de la vie et de l'amour, par méconnaissance des hommes ou par simple absence d'éducation morale et religieuse stricte, Odile acceptait sans faire de manières les assauts, certes modérés, des trois mousquetaires. Elle trouvait agréable d'être courtisée par un trio de jolis garçons qui ne l'intimidaient pas. Eux, en revanche, n'étaient pas très à l'aise. Chacun voulant être le seul ou à défaut le premier à la faire rire, à lui arracher un court rendez-vous pour une promenade, à la frôler dans l'étroit couloir qui menait aux chambres, ou, comble de l'audace, à glisser sous la table un pied nanti de chaussette – un pied nu aurait alerté les autres – contre sa jambe dûment couverte d'un bas de laine. La remontée lente le long du mollet s'arrêtait immanquablement au genou. La promenade le long de la cuisse demeurait interdite, non par pruderie mais parce que Odile craignait les chatouilles à cet endroit-là. Elle n'avoua pas sa faiblesse aux garçons qui crurent longtemps que les limites qu'elle leur imposait relevaient de sa seule pudeur.

Le ballet des garçons autour d'elle faisait ricaner Lisset qui, fine mouche, prédisait à ces trois nigauds de sacrées déconvenues. Il savait qu'elle les battrait à plate couture tant sur le plan professionnel que dans la vie. Odile était de la trempe des vainqueurs et des dévoreuses. Elle les croquerait tout cru. De fait, elle les croqua. Sans se presser, à son rythme de fille qui a tout à apprendre, qui ne sait pas grand-chose mais qui connaît ses lacunes, ses ignorances. Et qui, partant, connaît aussi sa force.

Sans qu'il y prenne garde, elle a commencé à faire plus que Lisset ne lui demandait. Elle terminait sa tâche avec une aisance que même l'ouvrier lui enviait. Puis, par sympathie, en témoignage de son bon cœur, disait-elle, elle allait aider les copains à terminer la leur. Ainsi passa-t-elle rapidement de l'encre de Chine à l'aquarelle. Elle n'oublierait jamais ce jour où, prise d'audace, elle avait abandonné le noir nuancé de l'encre appliquée au pinceau pour les pastilles colorées, lumineuses de l'aquarelle. Désormais, ses pages d'exercices formels s'enluminaient de bleus, de rouges, de jaunes, de verts dont la transparence ou l'intensité donnait une profondeur nouvelle aux frises, grecques et autres figures géométriques. Le soleil était enfin entré dans sa vie.

Lisset n'était pas très chaud pour la laisser vagabonder de pupitre en pupitre. Mais, très vite, il prit conscience qu'il y avait quelque chose à tirer de la Gamine. Surtout ne lui faire aucun compliment. La laisser mijoter, la laisser explorer les encres, les couleurs, leur dilution. En tirer un maximum. Se servir d'elle en somme.

Quand elle se lasserait d'être traitée comme une apprentie, alors qu'elle concevait et réalisait depuis des mois déjà des dessins achetés pour de coquettes sommes par des usines d'impression sur textile de Lyon, Odile claquerait la porte des ateliers Lisset non sans avoir auparavant insulté son patron, lui jetant à la tête avec une crudité dont elle ne se départirait plus :

– J'ai fait l'amour avec vos trois apprentis, et jamais je ne m'en suis sentie salie. Ce sont des garçons bien. Si je les ai blessés, je le regrette. Mais vous, salopard, vous m'avez baisée. Sans me toucher, certes. Jamais je ne vous l'aurais permis et je sais que, dans le fond, le sexe n'est pas votre affaire. Mais vous m'avez exploitée comme un maquereau exploite sa prostituée. Vous avez signé mes œuvres. Oui, j'ai bien dit *mes œuvres*. Vous n'avez pas fini d'entendre parler de moi. Un jour, je serai célèbre et vous n'aurez plus aucune commande. Vous serez seul dans un atelier vide. Sachez que ce désert de votre vie, c'est moi qui en serai la cause.

Mais avant que ne soit consommée la rupture entre Odile et son patron, il y eut des jours, des mois et des années durant lesquels la petite Odile devint une femme, une artiste avérée et, aussi, une femme d'affaires. Car, avant de quitter Méréville, elle avait assuré son avenir. Deux des clients les plus influents de Lisset qui parfois déboulaient à l'atelier – qui déboulèrent de plus en plus souvent, dès l'instant où la jeune femme prit un peu d'assurance et sut retenir leur attention de clients et leur admiration d'hommes – lui avaient fait un pont d'or pour qu'elle entre à leur service. Elle avait su les faire attendre. Puis, leurs propositions financières ne cessant de grimper, elle avait cédé au plus offrant.

En ce temps-là, Rose était tombée malade, et il fallait de l'argent pour la faire soigner dans une bonne clinique. Odile pourvoirait à tout. Lorsqu'elle avait quitté Méréville dans la voiture que lui avait envoyée son nouveau patron, elle avait jeté un regard sans nostalgie sur l'atelier et sur les bois environnants où elle avait connu ses premiers émois amoureux. Tout cela appartenait au passé. Une seule chose comptait à ses yeux : aller de l'avant. Après tout, il ne lui avait fallu que trois ans pour opérer sa première mue.

5

L'éducation sentimentale d'Odile demeura un mystère pour ceux qui, dès les premiers signes de sa célébrité, voulurent tout savoir, tout écrire, tout publier à son propos. Comment la jeune fille timide et provinciale enfermée dans une famille chrétienne ou du moins bien-pensante, éduquée à l'ombre d'un château, fleuron de la vieille noblesse française…, et patati et patata ; comment donc une jeune fille élevée dans la pudeur, la broderie et l'horticulture pouvait-elle s'être convertie si vite en aventurière, certes distinguée, mais sans mari, ni situation sociale fixe ? En ce temps-là, les chrysalides d'extraction modeste ne devenaient pas papillons. Et une jeune personne sans nom ni fortune ne pouvait aspirer qu'à être une femme au corps bien caché, bien sanglé, effacé dans des vêtements sombres, gage de sa vertu et de son honnêteté. Odile aurait dû s'assurer d'abord un statut social – époux, enfants, travaux de couture à la maison – et seulement ensuite, avec discrétion, chercher à épanouir ses talents.

Mais Odile avait brûlé les étapes. Pire, elle les avait ignorées. Pour cette fille d'une implacable logique, le plus court chemin fut toujours la ligne droite. Celle sur laquelle on fonce sans états d'âme. Lorsque, au terme d'années d'une solitude consentie, elle ouvrit enfin sa porte et son cœur à quelques personnes qui n'entraient dans aucun de ses plans de carrière, des vrais amis en somme, en tout cas des amis désintéressés, elle s'autorisa à leur faire des confidences ou plus exactement à leur livrer certaines de ses règles de conduite. Ainsi, quand le champagne avait coulé à flots et que les lumières douces du salon invitaient à la confidence, elle se risquait à leur dire de cette voix rauque quasi masculine qui en séduirait plus d'un :

— J'ai horreur de ceux ou celles qui situent leur sens moral au niveau de leurs fesses et qui, à défaut de vivre toujours debout ou couchés sur le ventre, passent leur vie à s'asseoir dessus.

A l'évidence, ces gens qui l'écoutaient, qui riaient de ses propos, qui l'admiraient sans doute, partageaient pour la plupart sa philosophie de la vie. Ses vrais combats, dans des environnements défavorables, voire hostiles, elle avait dû les livrer bien avant. Mais de ces batailles-là, elle ne disait jamais le moindre mot.

Après le château, l'école d'Étampes, puis l'atelier de Méréville, Paris lui parut immense. Elle n'eut pas peur des lumières d'une ville où, bien avant qu'elle n'y arrive, dans la voiture de M. de Ré, elle avait décidé de triompher. Le vieux châtelain qui quittait souvent la vallée de la Juine pour un de ses appartements parisiens, selon lui plus salubre, moins humide que le vieux château, avait proposé de la conduire. Ils feraient le voyage ensemble.

Il y avait belle lurette qu'elle n'était plus pour lui le petit chat blond et solitaire qui hantait sa propriété de l'Essonne. Pas grand-chose désormais n'avait à ses yeux d'importance. Il vieillissait et perdait ses repères dans un monde qu'il accusait de vieillir. Sa fille venait peu au château. Parfois, l'été, elle organisait des « fêtes à la campagne ». Quelques amis huppés dans des voitures rutilantes et bruyantes débarquaient dès le vendredi soir. Les invités envahissaient le parc. Ils écoutaient de la musique sur des gramophones à pavillon qui, de loin,

41

ressemblaient à de gigantesques corolles. Ces jours-là, M. de Ré s'enfermait à double tour dans ses appartements et, si la chaleur lui devenait intenable, il demandait l'hospitalité à son jardinier et à Rose qui l'accueillaient toujours avec bienveillance. Ils n'avaient presque rien à se dire, mais, à tout prendre, il préférait leur silence embarrassé de gens simples aux babillages volubiles de cette société dorée qui dansait sur les plates-bandes, écrasant avec désinvolture les bordures de fraisiers patiemment désherbées par le père Délie.

A cette époque d'avant la vie parisienne, Odile, qui travaillait chez Lisset, venait parfois – rarement – passer un dimanche chez ses parents. A vrai dire, elle n'avait presque pas quitté l'atelier durant les trois années de son apprentissage. Même si Lisset donnait leur dimanche à ses employés. Elle avait dit aux siens qu'elle préférait rester à Méréville, car retourner au foyer pour en repartir si vite lui déchirait le cœur. C'était sans doute vrai, même si le doute subsiste sur son entêtement à ne pas quitter Méréville. C'est le dimanche qu'elle avait entraîné tour à tour – peut-être parfois ensemble, dirent quelques mauvaises langues – ses trois compagnons dans les bois voisins.

Le fait est qu'elle n'assista, de loin, qu'à l'une de ces fêtes brillantes et champêtres organisées par Mlle de Ré. Cachée derrière la haie du jardin de son père, elle avait observé les poings serrés et le cœur gros ces belles dames et ces beaux messieurs qui s'efforçaient de danser la bourrée en riant aux éclats et détruisaient en toute impunité un parterre sang et or de sauges et d'œillets d'Inde que le jardinier Délie avait composé avec cet amour et cette minutie qu'il mettait en toute chose.

Ce fut là le dernier de ses brefs séjours d'été au château. Cependant, lorsqu'elle annonça aux siens qu'elle avait trouvé du travail à Paris, M. de Ré, qui n'avait plus de réels contacts avec sa jeune protégée, avait proposé aux parents, sûrement inquiets, de conduire leur fille à bon port. Rose donnait en ce temps-là les premiers signes d'une maladie qui l'emporterait quelques années plus tard. Elle regarda partir sa fille avec tristesse et soulagement. Elle ne voulait pas que son Odile la vît dans sa décrépitude. Sa fille chérie avait mieux à faire qu'à souffrir de l'entendre perdre le souffle. Une belle existence s'ouvrait devant elle, qu'elle devait vivre intensément.

Rose n'avait jamais douté d'Odile. Elle savait avec son amour de mère et son intuition si fine de femme à la santé fragile que, quelle que fût la complexité du chemin qu'elle emprunterait, la petite deviendrait grande. Très grande.

Le nouvel employeur d'Odile, M. Terrier, était originaire de Lyon où il avait débuté dans la soie. Il s'était spécialisé dans l'impression sur tissus et avait fini par ne garder qu'un bureau à Lyon où la concurrence était grande, pour diversifier ses activités en Normandie et à Paris. Il était passé de la soie aux cotonnades qui, en ce début des années 20, avaient connu un très vif essor. La mode était à l'art nègre, aux imprimés africains, aux formes géométriques, aux couleurs vives et contrastées. Au petit imprimé de coton chic et pas cher qui, quelques années plus tard, envahirait les rivages livrés aux estivants. Odile avait le génie des formes géométriques, une maîtrise incroyable des couleurs et un maniement du noir et blanc qui, on s'en souvient, avait épaté Lisset. Terrier lui avait demandé de « se laisser aller ». Sans doute ne limitait-il pas l'expression aux travaux de création. Il aurait volontiers installé la jeune fille dans son lit à défaut de pouvoir le faire dans sa vie, déjà remplie par une femme et trois enfants presque adultes. Mais Odile n'avait jamais aimé les vieux. Elle n'était pas en manque de protection paternelle ni d'éducation amoureuse. Sa vie durant, elle ne pourrait pas désirer un homme qui n'eût pas, au bas mot, dix ans de moins qu'elle. Les trois mousquetaires de Méréville furent son unique exception. Il est vrai que lorsqu'elle ne frisait pas encore la trentaine, elle avait dû se contenter d'amants qui n'avaient malgré tout jamais moins de dix-huit ans. Mais ils ne furent que ses amants, pas ses amours. Celles-ci viendraient après et auraient pour seul point commun une plus ou moins vague ressemblance avec Roussel, Caen ou Bayeux.

Terrier l'avait installée dans un bureau qui jouxtait le sien, non loin de la place des Victoires. Il lui avait aussi trouvé une chambre de bonne dans le même immeuble. De son perchoir, elle aimait contempler les toits de Paris dont le camaïeu de gris la fascinait. Plus tard, elle créerait une mousseline de soie d'un gris changeant dans laquelle elle taillerait en plein biais une jupe légère comme un nuage. Elle appellerait le modèle « Toi de Paris », jouant sur les mots. Personne ne devinerait l'origine de ce petit bijou de couture que les femmes chic porteraient aux quatre coins du monde.

Son nouveau travail ne différait guère de l'ancien. Elle passait ses journées à inventer des formes, des signes, des couleurs qu'elle soumettait à Terrier. Il en retenait certains, en écartait d'autres, la plupart. Odile savait toujours les dessins qui lui plairaient et ceux qu'il repousserait. Elle n'ignorait rien de ses goûts. Il était homme à se dire audacieux, à foncer comme tel et à s'arrêter net au seuil des choses. Il préconisait par exemple l'assemblage provocant des couleurs. Il disait volontiers aimer que « ça pète ». Mais si, non sans perfidie, Odile lui proposait des juxtapositions géométriques – triangles, losanges – de mauves profonds, d'oranges vifs et de rouges carmin, il haussait les épaules.

— Vous êtes insensée, ma fille. C'est importable parce que c'est affreux !

Elle aurait bien aimé lui répondre que les broderies des femmes arabes dans le Sud marocain ont ces couleurs-là. Mais il aurait alors fallu expliquer la source de ses connaissances, le travail de brodeuse de sa mère, les photos que les Ré avaient rapportées d'un voyage aux portes du Sahara et qui, même en noir et blanc, laissaient deviner l'éclatante beauté de ces travaux d'aiguille, ornements, disaient-ils, des rideaux de harem. Elle abandonnait l'idée de répondre à Terrier. Prise dans le souvenir de sa mère s'essayant à reproduire pour ses maîtres les somptueuses broderies de soie marocaines, elle s'absentait tout entière. Plus rien pour elle ne comptait que ces images de sérénité, de bonheur, où elle se revoyait assise sous le cerisier, observant en silence sa mère qui, le front penché sur son ouvrage, semait sur une grande pièce de coton blanc des étoiles de soie multicolores.

6

Puis le jour vint où Odile quitta son atelier, ses planches à dessin, ses pinceaux et ses couleurs pour suivre son patron « sur le terrain ». L'expression était de lui, bien entendu. Sans trop comprendre ce qui avait pu le déterminer à prendre une telle décision, tellement en contradiction avec ses principes – une dessinatrice n'a pas à fourrer son nez dans les tissus ni à rencontrer les imprimeurs ou les stylistes –, Odile dut faire ses bagages. Ils partaient une grande semaine à Lyon et dans la vallée du Rhône où Terrier avait rendez-vous avec deux de ses clients. Elle n'avait posé aucune question, avait plié avec soin quelques vêtements chauds et les avait tassés dans le vieux sac en cuir craquelé que sa mère avait hérité de Mme de Ré. C'était l'hiver, et elle ignorait tout des paysages et du climat de cette région lyonnaise pour elle si éloignée des cieux gris et humides de sa Beauce natale et de Paris. Elle se sentait excitée, presque fébrile, comme jadis, enfant, à la veille de ses anniversaires.

Terrier était passé la prendre tôt le matin dans une grande voiture noire dont elle ne reconnut pas la marque. En ce temps-là, elle ignorait tout des automobiles. Plus tard, elle en posséderait des luxueuses, capitonnées de cuir, avec des tableaux de bord en bois précieux, dont elle confierait le volant à ses amants ou à ses chauffeurs qui, parfois, étaient les mêmes personnes. Terrier condui-

46

sait lui-même. Enfoui dans sa pelisse, coiffé d'un bonnet en fourrure, l'industriel arborait des lunettes fumées très couvrantes qui lui donnaient l'air d'un martien. Odile s'était interdit de rire en le voyant ainsi, telle une gravure de mode dans un magazine vantant les vertus de la conduite sportive. Elle avait pris place à l'arrière du véhicule, et regardait défiler le paysage avec gourmandise. Elle savait qu'au bout de cette route s'ouvrait son avenir. Terrier, lui, tout à sa voiture, ne songeait même pas à s'enquérir d'elle, à lui demander si son manteau, à l'évidence trop léger, suffisait à la protéger des rigueurs d'une température que les courants d'air – il fumait en conduisant et laissait la vitre avant ouverte – et l'absence de chauffage rendaient quasi polaire. Mais Odile ne s'offusquait pas de l'indifférence de Terrier. Elle savait qu'un jour ou l'autre elle le trahirait. Il était de trop entre elle et le monde de la couture dont elle avait décidé de faire la conquête. Les soyeux de Lyon qu'elle allait rencontrer étaient peut-être cette opportunité si espérée. Rien ni personne ne pourrait l'empêcher de la saisir.

Nichée au creux de sa cuvette, la ville de Lyon prenait son bain de brouillard. Aussi Odile ne vit-elle presque rien des imposants immeubles gris et bourgeois du centre, ni des grands arbres du parc de la Tête d'or. Et lorsque, au terme d'un long voyage, Terrier s'arrêta devant une demeure à la façade austère, elle s'étonna de la banalité d'un lieu qu'elle avait rêvé plein de merveilles.

On les fit attendre longtemps dans une antichambre obscure dont les murs étaient couverts de gravures de mode encadrées de bois doré. Au bas de chacune d'elles apparaissait, calligraphiée en lettres cursives très chantournées, la marque de la maison : *Blanco-Ferrari*. Odile n'osait pas quitter sa chaise pour se repaître du spectacle de ces silhouettes vêtues avec élégance de soie imprimée. Elle aurait aimé en détailler les patrons, en deviner la coupe, observer la manière d'utiliser le tissu – chaîne, trame ou biais –, découvrir enfin les tendances d'une mode qui, pensait-elle, privilégiait le vêtement et non le corps.

Cette idée lui était venue très tôt. On préparait une fête au château et, dans cette perspective, Mme de Ré avait demandé à Rose de broder pour elle un des modèles du soir que sa couturière avait imité d'un grand faiseur parisien. Son nom avait été prononcé à plusieurs reprises, mais Odile ne l'avait pas retenu. La robe, un long fourreau de soie sauvage d'un brun mordoré, était d'une coupe simple. Mme de Ré ayant des formes généreuses, la couturière avait triché sur la ligne qui, au lieu d'être droite, s'évasait sur les hanches pour en dissimuler la largeur. Le bas du vêtement avait été resserré afin de garder la notion du fourreau dont l'un des charmes consiste à entraver le pas de celle qui l'arbore. Rose avait brodé sur l'encolure et le bas des manches, très larges au niveau du poignet, une grecque dorée. Le travail était magnifique, et Odile en avait d'abord été émerveillée. Puis, sa mère en avait habillé le mannequin sans tête qui l'effrayait tant enfant, lorsqu'elle pénétrait en courant dans le petit atelier de Rose et butait contre ce corps tronqué, recouvert de ratine noire, monstrueux sur son pied de bois tourné acajou. Et là, la vérité lui avait sauté au visage : ce n'était pas une robe, c'était une armure. Elle avait alors douze ou treize ans, et ne connaissait rien ou presque de l'éthique de la chevalerie et bien peu de chose de l'esthétique de la mode contemporaine, mais c'était pour elle une évidence. Cette robe protégeait des regards, elle dissimulait le corps vulnérable, elle le séparait du monde. On ne voyait que la robe, pas la femme qui la portait. La femme n'était qu'un prétexte, qu'un mannequin anonyme et pudique.

C'est à la suite de cette révélation qu'elle avait commencé à dessiner des silhouettes dans les marges de ses cahiers de brouillon et non plus seulement des visages de profil. Elle ne connaissait rien alors du corps féminin. Le sien n'était pas encore sorti de l'enfance. Quant à celui des femmes de son entourage, il lui apparaissait toujours bardé de draps épais ou corseté dans des tailleurs, des blouses, des manteaux, voire des capes, et l'on ne devinait rien ou presque de la fluidité ou de la rondeur des lignes que parvenait à gommer l'abondance des tissus. Elle connut d'abord le corps des hommes, celui de son père qui jardinait volontiers en tricot bleu marine ou gris si la température devenait excessive. Celui de ses trois jeunes amants, à Méréville, lorsqu'ils partaient dans les bois ou couraient en s'éclaboussant dans la rivière dorée les jours de soleil. Elle trouvait le corps lisse des hommes et leur sexe accroché dessus comme une décoration – une fanfreluche, avait-elle pensé la première fois – émouvant, vulnérable. Mais jamais l'idée ne lui vint de vouloir l'habiller. Les vêtements masculins étaient fonctionnels. Les matières dont ils étaient faits, simples. Elle ignorait encore tout des tenues de soirée, du charme étrange des smokings bleu sombre – jamais noirs pour ne pas virer au vert sous les lumières des fêtes ; elle ne savait encore rien de leur revers de soie brillante ni de la baguette du pantalon, en soie elle aussi, qui courait joliment le long de la jambe dont elle soulignait la ligne. Elle ne connaîtrait que bien plus tard la jaquette grise, la queue-de-pie, un rien ridicule, et le spencer blanc, très chic, très anglais, qui évoquerait toujours pour elle la tenue des garçons de café. Sans doute aurait-elle aimé habiller des hommes à l'orientale. Mais cela, elle le découvrirait lorsque, avec Authon, ils joueraient la comédie de la gémellité et sortiraient dans des bals chic vêtus de la même manière – larges djellabas, jupes plissées blanches des danseurs du désert –, sans que l'on sût, de loin, lequel des deux était la fille et lequel le garçon.

Mais, peut-être parce que le corps féminin lui demeura longtemps un mystère, elle sut d'instinct comment l'honorer en l'habillant ni trop ni trop peu.

Assise sur le bord de sa chaise cannée, Odile laisse défiler des images. A force de les imaginer, elle a l'impression de connaître la douceur, le toucher, la volupté de ces soies dont elle va inventer les motifs et dans lesquelles, elle en est sûre, elle taillera des robes, des chemisiers, des caracos, des jupes amples ou serrées, des vestes cintrées et de larges boléros, voluptueux comme des corolles. Elle s'y voit. Elle les voit. En revanche, elle n'a pas remarqué que la porte s'est ouverte et qu'un homme entre deux âges, le cheveu blond-gris aplati à la gomina, l'œil bleu, l'observe, tandis que Terrier, rose d'émotion, fait tout son possible pour attirer l'attention sur lui qui, après tout, est le patron de cette gamine butée, perdue dans ses rêves.

L'homme porte le nom de sa maison dont il est l'héritier. « Édouard Blanco-Ferrari », dit-il en serrant le bout des doigts d'Odile revenue sur terre et passablement troublée par le regard si bleu, si intense que fixe sur elle le maître soyeux.

— C'est donc vous, chère mademoiselle, qui avez mis au point les derniers motifs de notre collection d'automne…

Le ton est courtois mais froid. Le « mis au point » n'est pas du goût de la demoiselle.

— Enfin, oui, c'est moi qui les ai inventés, dit-elle en regardant fixement Terrier qui blêmit sous ce qu'il considère comme une injure.

Quelques heures plus tard, lorsqu'ils se retrouveront seuls, il la traitera de petite salope, de traîtresse, de fille de rien recueillie par bienveillance. Elle le laissera dire ; sa colère confirme ce qu'elle a senti : elle a gagné la partie. Désormais, elle ne travaillera plus pour un intermédiaire. Une phrase lui traverse l'esprit, si souvent entendue de la bouche de l'héritière Ré : « Il vaut mieux prier Dieu que ses saints. » Elle, elle ne prie personne, mais elle a choisi le parti de Dieu. Elle sera la décoratrice adjointe de la maison Blanco-Ferrari. A vingt et un ans, c'est une sacrée promotion. Le sait-elle ? Elle le sait.

Le lendemain, Terrier alla seul chez les soyeux. L'entrevue fut courte. On ne traitait désormais plus avec lui. On préférait s'adjoindre les talents de la jeune fille. Laquelle était du reste attendue dans l'après-midi pour signer un contrat. Dans ce contexte, le rendez-vous à l'usine sur le Rhône s'avérait inutile.

Jamais Odile ne raconta, même à ses proches, le contenu exact de cette première rencontre avec Édouard Blanco-Ferrari. Ce qui comptait pour elle n'était pas la manière dont elle avait su mettre en évidence sa compétence et son talent, mais d'avoir réussi, d'avoir su s'imposer avec son univers, son imaginaire et ses drôles d'idées si peu respectueuses de l'ordre établi.

Non, elle n'allait pas devoir rester à Lyon, ni moins encore s'établir à l'usine du Rhône. Elle retournerait à Paris. La maison y possédait un immeuble près de l'Opéra, avec un atelier, des bureaux, un magasin de vente. C'est là qu'on l'installerait. Il y avait encore une vaste pièce libre près du bureau de la décoratrice. On lui trouverait un appartement dans le quartier. Un petit trois-pièces ?

Quand le chef du personnel la reconduisit à la gare – elle rentrerait en train, c'est si commode ! –, elle se demandait encore si elle n'avait pas rêvé.

7

La décoratrice en chef de Blanco-Ferrari Paris, Oriane Chanudet, était une dame d'un âge certain qui, par chance pour Odile, ne craignait pas la concurrence et ne campait pas sur son pré carré. Aussi accueillit-elle la jeune fille avec sympathie. « Ma route est longue, lui dit-elle, et l'heure me semble venue de passer le relais. » Pour cette femme sans enfant, passer le relais signifiait aussi durer au-delà du temps imparti. Se survivre à travers l'autre qui arrive et à qui l'on doit distiller, sans l'assommer, les valeurs d'une profession à laquelle on a consacré sa vie.

Sans doute Odile pensait-elle que cette profession dont parlait Mme Oriane n'était pas tout à fait celle qu'elle avait envie d'exercer. Le dessin était, certes, sa vieille passion, les couleurs, son domaine, le noir et blanc, son jardin secret, mais depuis qu'elle avait découvert les matières ou, plus précisément, depuis qu'elle avait retrouvé les matières apprises dans l'atelier maternel, elle n'avait d'autre but que de les apprivoiser, comme elle avait apprivoisé sa palette et ses pinceaux.

Comment le goût du toucher, la volupté tactile viennent-ils aux êtres ? Cette question, aucun journaliste ne l'a jamais posée à Odile. Peut-être aurait-elle refusé d'y répondre. Mais elle est essentielle pour comprendre Odile Délie, pour percer le mystère de ses deux morts et de ses multiples vies.

Chez les Blanco-Ferrari, sous la houlette de Mme Oriane, Odile avait circulé entre le bureau des coloristes et des dessinateurs, dont on lui avait confié le contrôle, et les ateliers dans lesquels arrivaient, enveloppées de papier fin, des pièces de tissu en provenance de l'usine du Rhône où l'on avait procédé à leur impression. Odile avait tout de suite adoré l'odeur brute, entêtante, de la soie fraîchement teinte. Elle avait longuement promené ses doigts sur les échantillons reliés comme les pages d'un livre et dont la douceur sèche lui donnait le frisson. Très vite, elle avait su identifier au toucher les soies sauvages râpeuses, électrisantes, les shantungs qui perlent sous le doigt, les mousselines légères comme des parfums, les twills au tombé majestueux, les satins qui glissent sous la paume, les crêpes grenus. Il lui suffisait pour cela d'une simple caresse, pas même un regard. En matière de matières, la vue n'est jamais suffisante. Elle peut même être tout à fait superflue. Odile se gorgeait de plaisirs aveugles.

Elle continuait à dessiner, à proposer de nouvelles couleurs pour de vieux modèles. En réalité, elle piaffait d'impatience et n'était vraiment satisfaite que lorsqu'elle pouvait retourner dans l'atelier où, rivées à leurs machines Singer, un bataillon de cousettes piquait des modèles sur lesquels étaient encore fixés les patrons en papier rigide d'un blanc crémeux. D'autres filles, sous un maigre éclairage électrique, faisaient des ourlets roulottés à d'amples écharpes de soie taillées dans les mêmes pièces que les robes sur lesquelles s'affairaient les cousettes.

Jamais elle n'aurait osé dire à Mme Oriane, ni *a fortiori* à M. Édouard qui montait souvent à Paris, combien elle trouvait ces robes banales, presque laides, alors que les tissus dans lesquels on les taillait étaient, pour la plupart, splendides. Certes, elle n'approuvait pas tous les choix de ses patrons en matière d'impression. Leur goût lui semblait vulgaire, racoleur. Elle réprouvait cet acharnement à vouloir barioler les tenues féminines, à donner aux femmes des allures de poules faisanes, sous prétexte qu'on devait les remarquer. Ne payaient-elles pas le prix fort pour cela ?

Odile glissait dans ses planches des motifs très sobres, proposait des jeux géométriques de noir et blanc, inventait des gris tourterelle qu'elle obtenait en mélangeant de l'encre de Chine très diluée et une touche de bleu indigo, juste pour relever le gris. Elle avait même décliné une série de cet indigo des hommes bleus du désert, dont elle avait vu, éblouie, des représentations sur des tableaux exposés dans la vitrine d'une galerie, près de l'Opéra. Tout le temps qu'avait duré l'exposition, elle était passée tous les jours devant et s'était arrêtée longuement, sans oser entrer. C'est sur ces toiles aussi qu'elle avait découvert la beauté des ocres, des terres de Sienne brûlées, des jaunes lumineux et très pâles qui sont les couleurs des dunes et des sables ; les couleurs du désert.

Quelques décennies plus tard, elle emmènerait Authon dans le Sud tunisien. Ensemble, ils marcheraient longtemps sous un ciel intense et bleu, le long des grands chotts dont la surface de sel cristallisé réfléchissait la lumière, brûlait les yeux, la peau, et faisait naître sur l'horizon des mirages de caravanes noires semblables à des papiers découpés se détachant sur une mer de mercure. Ensemble, ils découvriraient des montagnes roses ravinées comme des nuages, des dunes de soleil liquide, des maisons de briques pétries à la main et séchées au soleil dont le vent des sables avait adouci les contours. Sur son carnet de croquis qui ne la quittait alors jamais, elle avait dessiné et passé à l'aquarelle de longues silhouettes d'hommes dans des burnous de laine écrue, marchant sur la crête de dunes caramel. C'est de ce premier voyage au Sahara que date un réel changement dans sa ligne de mode. Odile allongerait désormais les robes et les jupes, dessinerait des vêtements plus amples et ferait appel à des brodeuses pour ses tenues du soir.

Pour l'heure, Odile n'a pas encore créé son premier modèle, et personne ne connaît vraiment ses projets. Elle travaille beaucoup, seconde bien Mme Oriane, sait être ferme et attentive avec ses collaborateurs, souvent plus âgés qu'elle. En dehors des heures de bureau, elle mène une existence de recluse. Pas d'homme dans sa vie. M. Édouard lui aurait bien plu. Malgré ses tempes grisonnantes…, mais elle n'avait rien fait pour le charmer. Elle avait d'autres soucis. Créer des modèles d'abord. Enfin, au moins un, qui pourrait être décliné. Et puis, surtout, il y avait la maladie de Rose. Ses crises d'étouffement avaient empiré. On l'avait envoyée sur la côte se refaire une santé. Odile avait donné toutes ses économies. M. de Ré avait su se montrer généreux. Délie sombrait dans la tristesse et la solitude. Odile savait que sa mère ne serait pas sauvée par le soleil du Midi. Rose lui écrivait des lettres rassurantes de son écriture appliquée. Odile lui répondait par des dessins. Rose racontait des mimosas en fleur, évitait de dire que leur pollen la mettait au supplice, qu'elle étouffait encore davantage. Elle était femme à supporter de mourir de la beauté vénéneuse d'une fleur. Elle ne mourut pas tout de suite. Mais, à la fin de l'automne, elle s'éteignit sans bruit à l'ombre du château où s'était déroulée sa vie. Ce jour-là, Odile, qui ne put verser la moindre larme, sut qu'elle avait perdu une part d'elle-même. Délie était inconsolable. Il tournait en rond dans son jardin. Odile trouva dans son désespoir la force de créer son premier modèle. De passer outre aux frontières qui séparent les dessinateurs des stylistes. Ce modèle, une robe en crêpe de soie grège, col marin en crêpe de soie bleu nuit, ceinture basse bleu nuit, et jupe à plis plats raccourcie à mi-mollet, avec juste les initiales R. D. (Rose Délie) brodées en cordonnet de soie grège sur la pointe droite du col marin, fit un triomphe. Odile l'avait réalisé grâce à la complicité de Mme Oriane. Elle lui avait demandé l'autorisation de prendre quelques mètres de ces vieilles soies que personne n'utilisait plus, et qui traînaient depuis une éternité dans l'atelier. Odile porta la robe pour le déjeuner annuel organisé par M. Édouard pour ses meilleures clientes. A la fin du repas, elles furent nombreuses à venir lui commander une robe identique. Elle joua l'étonnement, avoua que le modèle n'était pas disponible et surtout qu'il était unique. Enfin oui, c'était elle qui l'avait conçu et réalisé. On l'interrogea sur les initiales brodées sur le col, une bien jolie broderie, au demeurant. Une coquetterie ? Un secret amoureux ? Elle resta mystérieuse sur le sujet. On lui demanda si le modèle avait un nom. Elle répondit « Rose », sans hésiter.

8

On avait enterré Rose Délie dans le fond du parc du château, sous la pierre tombale adossée à la chapelle où reposaient déjà trois générations de Ré et les plus dévoués de leurs domestiques. Personne – ni Délie, ni M. de Ré, ni même sa fille – ne s'était interrogé sur le lieu où Rose devrait reposer en paix. Seule Odile avait été surprise, presque choquée, par une décision qui, lui semblait-il, renvoyait sa mère à un rang social – celui de domestique – qui, à ses yeux, n'était pas le sien. Rose était une artiste, pas une vulgaire lingère, et moins encore une servante. Il avait fallu toute la patience de Délie, tout son désespoir silencieux pour que la jeune femme ne fît pas un scandale. Il avait dit, les yeux brouillés de larmes :

– Rose repose dans sa maison, dans mon jardin. Les fleurs que je ferai pousser seront tout à elle. J'ai toujours parlé à ta mère avec des fleurs. Je les connais bien mieux que les mots, tu sais…

Elle savait. La peine de son père, son désir de continuer à vivre à son côté, sur une terre dans laquelle elle dormait désormais, la laissaient sans argument. Elle avait senti la colère se retirer d'elle, telle une marée descendante. Elle n'était plus que tristesse et révolte.

Très tôt, et malgré son éducation religieuse, Odile n'avait pas cru à la vie éternelle ni à la résurrection des corps. Et, l'idée que le corps de cette femme qu'elle avait aimée, dont elle était née, se décomposait lentement sous la terre humide du jardin, comme les feuilles de l'automne qui devenaient humus en quelques mois, la rendait folle d'une angoisse qui virait très vite à la colère. Dans ses pires cauchemars, elle voyait le cadavre de sa mère grouillant de vers fouíneurs. Cette vision lui arrachait des hurlements de terreur dont elle ne dit jamais la vraie cause à celles ou ceux, amants ou amis, qui partageaient occasionnellement sa chambre.

Plus tard, quand le temps du premier deuil fut accompli, l'idée que la dépouille de Rose dormît au fond du jardin de son père lui serait même un réconfort. Et lorsque, écrasée de dettes, l'héritière Ré, dont le père était mort quelques années après Rose, mit le château en vente, Odile, qui avait déjà amassé une jolie fortune en habillant avec chic et sobriété de riches et capricieuses élégantes, l'avait acheté sous un faux nom. Elle craignait qu'un réflexe d'orgueil – on ne vend pas son château à la fille de son jardinier – empêchât la transaction. Sans doute se trompait-elle. Acculée par ses créanciers, Mlle de Ré aurait vendu la propriété à son chien si celui-ci avait pu la sauver de la ruine. La hâte et le désarroi de l'héritière permirent à Odile de faire une assez bonne affaire. Mais elle aurait doublé la mise si cela avait été nécessaire. Non pas pour posséder de vieilles et belles pierres, ni pour préserver son paradis d'enfance, ni même pour conserver à son père un travail jusqu'à sa mort. L'idée qu'un étranger puisse acheter le corps de sa mère défunte, qu'il puisse lui interdire l'accès de sa tombe, lui était intolérable.

Est-ce par pudeur, pour ne pas écraser sous le poids de son aisance matérielle cet homme humble, Odile n'avoua jamais à son père qu'elle était la nouvelle propriétaire des lieux. Simplement, lorsque l'acte de vente fut signé, elle envoya au château son comptable, et amant de l'époque, qui avait joué le rôle d'intermédiaire auprès des notaires.

C'était un très jeune homme blond, avec une bouche de

fille et un visage enfantin mais qui, malgré cela, ne manquait ni d'assurance ni d'autorité. Il s'était présenté au vieux Délie comme le secrétaire du nouveau propriétaire. Lequel, avait-il ajouté, habitait l'Amérique et était désireux que l'on entretînt le parc comme du temps de M. de Ré qu'il avait bien connu. Délie en aurait sangloté de joie. Il avait eu si peur qu'on le séparât de son épouse, de ses maîtres et de ses fleurs. Cruauté du silence filial : il ne saurait jamais qu'une place près de Rose l'attendait pour l'éternité.

Lorsque Odile venait lui rendre visite, il est vrai de plus en plus souvent, elle ne dormait pas au château. Mais, et cela avait tout d'abord choqué son père, elle passait tout de même le plus clair de sa journée dans le salon des Ré, « à travailler », disait-elle. Jamais le vieux jardinier n'avait osé franchir le seuil de la demeure des maîtres sans y être convié. Il ne le franchit pas davantage lorsque sa fille l'invitait à le faire sous prétexte que l'épouse du nouveau propriétaire était une de ses bonnes clientes, et qu'elle lui avait demandé de veiller sur le manoir.

En réalité, Odile ne fit jamais revivre le château avant sa rencontre avec Authon. Après la mort de son père, elle tarda plusieurs mois avant de s'installer dans la grande chambre vert pâle et or dont Rose avait brodé les embrasses des rideaux et les coussins à volants tuyautés qui garnissaient le canapé. Elle finit par fermer la maison où elle était née sans toucher à rien, sans vider la moindre pièce. Dans les moments les plus durs de sa vie, pendant la guerre, quand il lui faudrait rejoindre la zone libre, et, des années plus tard, après sa première mort, elle viendrait se recueillir dans la petite maison du jardinier. Elle s'assiérait sous le cerisier parapluie, elle se tapirait à l'ombre du grand saule. Ensuite, elle pourrait partir, et même mourir tout à fait, fortifiée au contact brut de son enfance, rassérénée comme jadis lorsque, présentant ses égratignures à sa mère, celle-ci les soignait d'un souffle ou d'un baiser.

Jamais elle ne permettrait à quelqu'un d'habiter là. Le jardinier qui succéderait à son père étant un voisin de la vallée, le problème de son logement ne se poserait pas. Il serait choisi pour cette seule raison.

Quand, pour la première fois de sa vie, elle avait inspecté toutes les pièces du château – elle ne connaissait jusqu'alors que celles, d'apparat, où les Ré l'avaient conviée petite fille, et bien entendu la cuisine, l'office, la buanderie et le cellier qui sont le domaine des domestiques –, elle avait été prise de vertige. Tout cela était donc à elle. Mais qu'allait-elle en faire ? Elle fut immédiatement séduite par le fumoir de M. de Ré qui tenait aussi lieu de bibliothèque. Sur les rayonnages de bois roux – sans doute du merisier – s'alignaient quelques centaines de livres reliés de cuir sombre, et si serrés qu'on les eût dits collés les uns aux autres. Odile n'avait alors pas vraiment le goût des livres. Encore une chose qui lui viendrait avec Authon. Mais elle était fascinée par la douceur des peaux fauves, vertes ou bleu marine sur lesquelles étaient gravés au fer et dorés à l'or fin les titres et les noms d'auteur qui brillaient doucement sous l'éclairage un peu vif que le vieil homme avait fait installer pour lutter contre sa mauvaise vue.

Il faudrait inventer des robes, des tailleurs, des manteaux aussi beaux, discrets et somptueux que ces reliures. Non, il faudrait surtout tailler des sacs et des gants dans des peaux légères et souples. Elle avait longtemps rêvé dans le fumoir qui fleurait bon le cuir et un parfum éventé de tabac. Elle qui ne fumait pas avait soudain éprouvé l'envie d'allumer une cigarette. Comme si le lieu réveillait de vieux gestes voluptueux. L'espace d'un instant, elle crut voir M. de Ré fumant dans son vieux fauteuil anglais, le front penché sur un livre, ou feuilletant une simple revue…

En fait de revues, il n'y avait pas grand-chose au château. Juste quelques exemplaires de *L'Illustration* sans doute achetés par Mme de Ré que l'actualité intéressait plus que son époux.

L'autre lieu favori d'Odile était le boudoir de madame. Elle l'aimait surtout parce que c'était là, et un peu aussi dans la chambre des maîtres, qu'elle sentait le plus la présence de sa mère. Rose avait brodé, cousu, fait des dentelles pour la baronne de Ré. Celle-ci était folle des travaux d'aiguille de sa jeune lingère dont elle avait craint, avant son mariage avec Délie, qu'elle ne parte à Paris où elle aurait pu se faire une jolie clientèle. Les amies de madame étaient toutes prêtes à lui passer commande. « Cette Rose est une perle, une perle que vous gardez trop jalousement », avaient-elles dit et répété. Mais Mme de Ré avait fait la sourde oreille. Après, lorsque Odile était née, il était trop tard. Elle laissait ses convives admirer le génie de Rose sans s'inquiéter. Elle savait que la jeune femme ne la quitterait plus.

Les jours de Venise des draps et des taies d'oreiller, les dentelles, les somptueuses broderies au point bourdon qui faisaient goutte sous la pulpe des doigts... Rose savait tout faire à la perfection. Pour la première fois, Odile avait éprouvé le sentiment d'une réelle injustice. Ce n'était pas elle, ou du moins pas seulement elle, qui méritait le succès. Sa mère méritait autant, plus peut-être, la reconnaissance dont Odile commençait à être l'objet. Sans le savoir tout à fait, était-elle en train de concrétiser les rêves les plus fous de Rose. Mais non, Rose s'était interdit de rêver hors de l'enceinte du château et loin de sa fille chérie et de son bon mari. Rose avait sauté son tour, comme au poker. Elle avait donné à sa fille les moyens de prendre son indépendance. Elle lui avait offert la beauté de son art et l'avait poussée sur les chemins de sa liberté.

Sans lui donner de leçon de morale ni brider sa fougue,

ses parents lui avaient appris, l'un avec des fleurs, des plantes et des arbres, l'autre avec des fils de couleur, que la beauté est harmonie, simplicité, travail. Que la beauté est en soi une morale. Sa vie durant, elle appliquerait ces préceptes jamais énoncés, ou alors, seulement à travers des gestes. Odile aurait cette mémoire des gestes jusqu'au bout de ses vies. Ses mains ridées, tavelées, puis finalement gantées de vieillarde, sauraient toujours composer un bouquet, assembler deux couleurs, faire jouer l'ombre et la lumière, dessiner une silhouette légère comme une flamme.

9

Le succès du modèle « Rose » fut immense. Odile l'avait décliné en plusieurs couleurs, jouant toujours sur le contraste entre une teinte claire et neutre et une autre vive ou foncée : gris perle - vert bouteille, gris perle - rouge grenat, beige - bleu nuit, beige - noir, blanc cassé - marron, etc. Les usines du Rhône avaient fourni les teintures adéquates avec ponctualité. Il avait fallu modifier les bains pour créer de nouvelles nuances. La maison Blanco-Ferrari y avait gagné une notoriété qu'elle n'avait jamais connue auparavant. Odile, elle, était passée des coulisses de l'atelier jusqu'au-devant de la scène. On savait qu'elle était la créatrice de « Rose », et la concurrence s'était très vite manifestée. De grandes maisons lui avaient fait des avances, qu'elle avait refusées. Le moment n'était pas encore venu.

Oriane Chanudet allait prendre sa retraite dans six mois à peine. Lui succéder serait une étape importante. Odile avait appris de son père qu'on ne forçait ni une récolte ni une floraison. Elle avait fait sienne la formule : l'avenir est à celui qui sait attendre. Elle récolterait à coup sûr les fruits de sa création. Il fallait seulement lui laisser le temps de s'épanouir.

La trentaine lui allait bien. Elle était restée d'une minceur exemplaire que ne régulait aucun régime. Elle mangeait avec l'appétit des filles de la campagne. Et les premières flétrissures de sa peau – quelques petits plis au coin du sourire, un léger relâchement des lèvres, comme une bouderie née de la fatigue – lui donnaient un air plus tendre, plus vulnérable.

Sa blondeur aussi était moins agressive. Les photos de l'époque la montrent rayonnante. Pas éclatante comme à son arrivée à Paris. Rayonnante. L'éclat ne concerne que la surface. Le rayonnement, lui, vient de l'intérieur.

La vie l'avait éprouvée, elle avait fait son premier pas de styliste. Elle habitait désormais un appartement moins modeste rue de Richelieu. Les hommes passaient dans son existence, s'arrêtant parfois le temps d'une pause... Oriane qui l'aimait avec tendresse lui avait fait remarquer lors d'un dîner en tête à tête que les jeunes gens qui avaient ses faveurs se ressemblaient tous. Elle avait ri. Oui, elle le savait.

– On aime toujours le même homme à travers tous ceux dont on croit tomber amoureuse, avait-elle dit.

Oriane avait répondu sur le ton de la plaisanterie :

– Oui, ma chère. Moi, par exemple, à quinze ans, j'ai aimé un garçon qui ressemblait à un lévrier afghan, et je finis ma vie avec Médor qui n'est certes ni lévrier ni afghan, mais qui est chien tout de même.

Elles avaient bien bu, ri aux larmes. La vie était belle malgré tout. Celle d'Oriane était accomplie. Celle d'Odile ouverte vers le futur.

Puis, comme souvent après des moments d'euphorie et d'excitation, la tension était tombée. C'était l'heure de la verveine-infusion qu'Oriane prenait pour clore tout repas. Odile avait accepté de l'accompagner. La verveine éveillait en elle le souvenir du jardin. Enfant, elle aimait serrer dans ses doigts les longues branches odorantes, d'un vert tirant vers le jaune, que son père cultivait pour les châtelains et pour Rose qui aimait en glisser quelques feuilles dans les piles de linge des armoires. Le parfum de la verveine...

Devant cette soudaine gravité d'Odile, Oriane enchaîna :

– Il y a encore une chose que je voudrais vous dire, ma chérie. A mon âge, il est permis de tout dire, n'est-ce pas ? Et je suis sûre que vous ne m'en tiendrez pas rigueur. Je vous aime beaucoup. Savez-vous que, ce qui m'a surtout frappée, ce n'est pas tant que tous vos amoureux se ressemblent mais surtout que tous vos amoureux vous ressemblent ? C'est troublant, étrange : lorsque je vous vois au bras de l'un d'eux, j'ai toujours le sentiment que vous êtes frère et sœur. Presque jumeaux.

Odile n'avait rien répondu, mais elle s'était sentie glacée. Jamais elle n'avait pensé à cette similitude dont lui parlait Oriane. Elle avait avalé l'infusion d'un trait et avait filé, prétextant une soudaine fatigue. En réalité, elle était bouleversée, mal à l'aise. Plus tard, elle s'était regardée longtemps dans le grand miroir du salon, au-dessus de la cheminée de marbre vieux rose. Elle avait essayé de superposer par la pensée sa propre image et celle de ces jeunes hommes qui avaient partagé un moment de sa vie ou simplement sa couche. Mais elle ne voyait que son seul visage de femme, tendu, à la recherche d'une insaisissable vérité ; que ses yeux exorbités, se scrutant avec angoisse. Soudain, elle avait éprouvé un immense sentiment de solitude. Odile prenait conscience qu'elle venait de passer plus de dix ans de sa vie à se faire l'amour dans un miroir.

Elle avait quitté le salon avec violence, sans éteindre les lumières. Elle s'était réfugiée dans sa chambre aux murs vides.

C'est certainement cette nuit-là, de réflexion, de doute, de peur, qu'elle avait enfin compris. Rien de ce qu'on fait, de ce qu'on aime, de ce qu'on devient n'est le fruit du hasard. Elle s'était souvenue de ce proverbe que sa mère énonçait parfois : « Dis-moi qui tu aimes et je te dirai qui tu es. » Elle, elle cherchait à s'aimer, ou du moins à se trouver, à se comprendre à travers les hommes. Oriane avait raison.

Mais comment pourrait-elle inventer des lignes, redessiner des formes, libérer les corps contraints de ses contemporaines sans passer par la médiation de son propre corps ? C'est sur elle qu'elle avait créé « Rose ». C'est sur elle que les femmes l'avaient d'abord admiré. C'est pour lui ressembler qu'elles l'avaient acheté. Odile sentait depuis toujours qu'il lui fallait accomplir une mission : donner aux femmes, à toutes les femmes – et aux hommes peut-être, mais de cela, elle était moins sûre –, ce que la société réservait à son élite : la beauté. Pas une beauté fictive faite de faux-semblants, d'accumulations, de fastes, mais celle, réelle, née de l'harmonie avec soi-même. Une robe est plus qu'un vêtement, un sac, des gants, plus qu'une parure.

« L'habit ne fait pas le moine, c'est le moine qui fait l'habit », répéterait-elle volontiers, lors des entretiens de presse qui se multipliaient dans les années 50. Et devant l'incompréhension patente de ses interlocuteurs, elle expliquerait avec patience qu'un habit seul n'est rien. C'est le corps de celui qui le porte qui lui donne son sens. Il doit y avoir entre le vêtement et celui qui l'arbore un équilibre, un dialogue.

Dans le numéro de mars 51 du magazine *Vogue*, on peut lire cette déclaration d'Odile, sous une photo de style Harcourt, où elle apparaît cheveux au vent dans une lumière irréelle, venue de nulle part :

« La beauté n'est pas réductible à des canons éphémères qui varient avec les époques. Non, la beauté c'est autre chose, un rapport harmonieux entre soi et le monde. Entre soi et son vêtement. Entre soi et soi. Tout le monde peut être beau. Moi, j'aide les gens à le savoir. »

Peut-être au sortir du dîner avec Oriane n'avait-elle pas formulé ainsi, avec autant d'assurance, les principes de base de son esthétique. Mais c'est pourtant cette nuit-là, de doute, d'angoisse, qu'elle avait pris conscience du chemin entrepris. C'était désormais une évidence, l'important était de s'aimer, au moins de s'accepter. Odile s'aimait à travers ses amants. Moins par égocentrisme que par ignorance. Quelle qu'ait été l'éducation donnée par Rose, si ouverte fût-elle, elle ne lui avait pas permis de se découvrir dans toute sa complexité. En ce temps-là, on n'apprenait guère aux filles – et guère plus aux garçons – à être en possession d'elles-mêmes. Et, même si jamais Odile n'avait permis qu'on la traite en objet, à trente ans révolus, elle n'avait pas encore conscience d'être à part entière un sujet.

Le modèle « Rose », par sa simplicité, la fluidité de sa ligne, la sobriété de ses couleurs avait bouleversé le monde fermé de la couture. Comme le disait avec humour M. Édouard, Rose avait provoqué en douceur une révolution tranquille. Elle avait en tout cas fait un accroc dans l'esthétique de ces années 30. La grande crise américaine, dramatique pour le pays, gagnait la France. De l'autre côté de l'Atlantique, des banquiers s'étaient jetés par les fenêtres des gratte-ciel. A Paris, on serrait un peu plus fort que d'habitude les cordons de la bourse. L'industrie lourde allait mal. Le train de vie des ménages baissait à vue d'œil. Pourtant, les boutiques chic continuaient à prospérer.

L'univers de la mode voyait fleurir les pires excentricités. A défaut de mettre leur corps en valeur, bon nombre de couturiers transformaient leurs clientes en véritables vitrines de verroterie et de passementerie. Les crises économiques ont souvent suscité des déluges de paillettes. Du clinquant pour camoufler le creux. Mais ce même univers fantasque permettait aussi à une jeune femme fascinée par les lignes épurées qu'elle admirait dans les dessins de Matisse de faire ses preuves.

Sans renoncer à la soie, Odile se sentit tentée par l'emploi d'autres matières. Des lins, des cotons un peu lourds, qui plombent bien, pour l'été. Des crêpes de laine, des grains de poudre, des serges, des jerseys fluides pour l'hiver. Pour sa première collection d'hiver, elle dessina deux robes, un manteau et deux tailleurs. La première robe était en jersey de laine violet, buste ajusté, manches trois quarts, taille serrée et jupe droite avec juste un pli creux sur le devant pour donner de l'ampleur sans rien perdre de la finesse de la silhouette. L'autre robe, taillée dans un crêpe de laine tabac, manches et col en grosses mailles de tricot beige, avait une coupe princesse d'une parfaite simplicité. Plus tard, elle reprendrait ce modèle qu'elle réaliserait en cuir fauve et en laine blanc cassé. Le manteau droit en serge gris descendant jusqu'aux mollets ne manquait pas d'allure avec ses boutons, son col et sa courte martingale de cuir noir. Les tailleurs, eux, étaient plus communs. Les deux en grain de poudre, l'un noir, l'autre bleu ardoise, jouaient sur l'ampleur d'une jupe taillée plein biais et d'une veste cintrée très près du corps. Une des vestes, la noire, était croisée, l'autre droite, avec trois boutons.

La robe en crêpe et le manteau eurent les honneurs de *Vogue* France. La maison Blanco-Ferrari pour laquelle Odile avait réalisé ces modèles avait accepté de tenter l'aventure « hors soie ». Et, jusqu'à la guerre, tout le monde y trouverait son compte. Pourtant, Odile avait déjà d'autres projets.

10

C'est vers cette époque-là, courant 36, que l'héritière Ré mit le château en vente. Tout à son projet d'achat, à son désir de discrétion, Odile n'avait guère suivi l'agitation politique qui s'était emparée de la France. L'arrivée au pouvoir du Front populaire n'avait pas été pour elle un événement. Ce n'est que plus tard qu'elle prendrait conscience de l'importance des mesures sociales adoptées par le gouvernement. Plus tard qu'elle regarderait avec étonnement d'abord, puis avec une certaine tendresse, les familles ouvrières venant à bicyclette jouir sur les bords de la Juine de leurs premiers congés payés. Le monde changeait et, lui semblait-il, il changeait bien. Du moins éprouvait-elle à la vue de ces gens simples qui pique-niquaient en famille non loin du château – les hommes en maillot de corps, les femmes découvrant leurs jambes pâles au soleil – le sentiment que la roue tournait dans le bon sens. Et même si elle ne savait pas tout du sort de sa mère placée à douze ans et que son seul talent d'aiguille avait sauvée d'une vie de domestique, elle devinait que le destin de ces femmes qui savouraient avec candeur leurs premières vacances n'était guère différent de celui de Rose. Elle, Odile, avait eu de la chance. Simplement de la chance. Jamais elle ne l'oublierait.

Chez les Blanco-Ferrari, on voyait d'un autre œil les revendications ouvrières. Et l'on parlait à mots couverts de ces employés qui, dans l'usine du Rhône, avaient exigé de prendre leur congé. Comme ça, en pleine saison...

Nul ne saurait jamais si c'est par jeu, par provocation ou en toute innocence qu'Odile choisit le rouge comme dominante d'automne et d'hiver. Un rouge sombre, tirant vers le pourpre, qu'elle avait marié avec des roses vifs, des gris pâles, un bleu nuit virant légèrement au mauve. Sur les foulards de soie, elle avait rajouté quelques touches d'un orange lumineux et acide. La collection automne-hiver 36-37 fut un succès. Tant pour les tissus dont elle assurait désormais seule les choix d'impression et de couleurs que pour la ligne de vêtements, soie et autres matières, qui était devenue, grâce à elle, un département de pointe de la vieille maison lyonnaise.

La clientèle étrangère venait chaque saison plus nombreuse aux présentations qu'Édouard Blanco-Ferrari organisait dans les salons du Ritz. Dans la pièce contiguë où les deux mannequins de service s'habillaient et se déshabillaient à la hâte, Odile attendait, nerveuse, tendue, la réaction des femmes et des quelques journalistes venus assister à l'événement. Elle avait décidé de présenter elle-même le modèle le plus audacieux, une jupe droite, très serrée, rouge uni, accompagnée d'une courte veste bleu-mauve avec col et parements rouges, portée sur une blouse en soie sans col d'un orange solaire. Elle savait qu'Édouard détestait cet ensemble de couleurs qu'il trouvait vulgaire. Elle lui avait tenu tête, il avait capitulé. Elle sentait ses jambes mollir sur l'épais tapis du salon. Elle était magnifique. Ces dames applaudirent. Il existe une série de photos d'agence sur lesquelles on la voit le visage lisse et fermé, d'une beauté sombre malgré sa blondeur. Elle ne sourit sur aucune d'elles. Mais on devine au fond de ses yeux une lueur bizarre. Malgré la tenue et la coiffure d'une extrême féminité, on pourrait dire qu'elle a un regard masculin. Un de ces regards à la Greta Garbo qui chavirent les cœurs tendres des jeunes hommes.

C'est ce même jour du défilé qu'elle apprit de l'une de ses clientes qu'une guerre civile avait éclaté en Espagne.

« Un général a assassiné la république », avait dit mot pour mot la cliente. Odile qui ne savait rien ou presque de l'Espagne avait frémi.

Lorsque, des années après, elle raconterait cette journée à Authon, elle prendrait conscience de l'étrangeté de la situation. Cette femme riche, ce salon élégant, et l'annonce de « l'assassinat de la république ». Elle dirait à son jeune amant qu'elle avait alors pensé appeler son modèle rouge « Madrid ». Mais elle y avait renoncé. On ne mélange pas la futilité et la guerre. Elle conclurait, en effleurant du bout des doigts les cheveux indisciplinés d'Authon : « Comme tu t'en doutes, j'ai choisi la futilité, bien sûr ! »

Ce qu'elle ne lui dit pas, c'est que, trois ans plus tard, elle embauchait une jeune républicaine espagnole, fille d'anarchistes originaires de Valencia, dans son atelier de couleurs. La fille était très douée. Elle avait travaillé à Barcelone chez des industriels du tissage. Elle connaissait à merveille les techniques de teinture et d'impression des cotons. Elle parlait mal le français, mais elle comprenait et apprenait vite. Odile lui avait confié la palette de l'été 40. Le moment était venu de se lancer dans les cotonnades, les modèles seraient moins chers. On élargirait le marché. Un jour, elle habillerait ces filles et ces femmes qui trempaient avec timidité leurs pieds dans la Juine sous les moqueries de leurs maris ou amants qui buvaient du rouge limonade en tapant le carton. Un jour…

La collection coton fut un succès. Odile avait semé de fleurs minuscules ces toiles légères dans lesquelles elle avait taillé des jupes amples et des corsages décolletés. Carmela, l'Espagnole, avait proposé des couleurs à la fois discrètes et contrastées. Des fonds noirs ou bleu marine et des semis aux teintes acidulées : vert anis, mauve clair, rose indien, jaune citron…

La vie aurait pu continuer ainsi très longtemps. D'une collection à une autre. D'une aventure à une autre. L'amant du moment, un certain Rodolphe, qui entre autres activités avait conclu l'achat du château, ne manquait ni de finesse ni d'idées. Il était d'une jeunesse et d'une audace radieuses. Il réussirait sûrement dans les affaires. En attendant de monter sa propre entreprise, ce qu'il ferait à la Libération, il étudiait le marché et assurait une comptabilité sans faille. L'ouverture de deux magasins, l'un à Deauville, l'autre à Cannes, relevait de sa seule initiative, certes approuvée par M. Édouard. Rodolphe avait convaincu son patron d'investir les bords de mer. Et pas seulement des mers froides. Il avait des idées arrêtées sur le succès qu'allaient connaître les rivages du Sud, encore peu exploités par le tourisme. Rodolphe aimait la Méditerranée.

Odile, qui n'avait jamais beaucoup voyagé, fut, elle aussi, séduite par les grandes plages de sable clair du golfe du Lion et surtout par celles plus mystérieuses, creusées à même la roche rose, d'une côte varoise qui, en ce mois de février naissant, s'illuminait du jaune somptueux des mimosas dont le parfum subtil et lourd l'avait étourdie. L'été suivant, sa collection comprendrait surtout des corsages et des robes à manches ballon et jupes vaporeuses, très froncées, en plumetis jaune, bleu ciel et rose. C'était sa manière à elle d'être fille de jardinier, de dire son émotion aux mimosas en parlant le langage des fleurs.

Elle savait que Rodolphe ne durerait pas jusqu'à l'hiver suivant. Ensemble ils avaient fait du bon travail, quelques jolies balades. Il l'avait aidée à devenir châtelaine. Elle lui avait permis de faire étalage de ses talents auprès de M. Édouard. Elle venait tout juste d'avoir trente-cinq ans. Lui en avait vingt-deux. Plus tard, lorsqu'il lui arriverait de le croiser, à Paris ou ailleurs, alors qu'il aurait pris ce petit bedon des hommes d'affaires et perdu sa jolie mèche blonde qui lui titillait l'œil, elle oserait lui dire en riant, et avec une vieille tendresse :

– Toi et moi, ça ne pouvait pas marcher. Je t'ai tout de suite trouvé un peu vieux. Le temps m'a donné raison. A nous regarder ensemble, n'importe qui dirait que c'est toi l'aîné de nous deux. Tu es un prince et moi une artiste. Les princes vieillissent plus vite. C'est leur seul moyen d'être pris au sérieux.

Rodolphe rirait. Il savait par expérience qu'Odile était une femme douce et râpeuse, « comme une pierre ponce », disait-il du temps de leur idylle. Non, vraiment, elle n'avait pas changé.

Cependant, elle commençait à s'ennuyer. La guerre allait bouleverser son quotidien, ses amours passagères, sa vie cachée de châtelaine. Avant cela, il y aurait la mort de son père. Disparition discrète, à la mesure de sa vie. Il reposerait auprès de Rose… Le vrai drame, celui qu'elle n'imaginait pas, éclaterait le jour où l'armée allemande réquisitionnerait le château pour y loger des officiers. Ce jour-là, Odile déciderait de partir loin, de rejoindre la zone libre.

Ce n'est pas tant la présence de ces occupants installés dans un château qui, dans le fond, n'avait encore jamais vraiment été le sien qui la faisait souffrir et fuir. Non, ce qui l'horrifiait, la déchirait, c'était l'idée que ces inconnus, au demeurant courtois – ils ne firent aucun réel dégât, et ne volèrent rien d'autre que les havanes éventés de M. de Ré et les quelques bouteilles de vieux marc dont elle se serait de toute manière débarrassée –, lui interdisaient par leur seule présence l'intimité avec ses morts.

Elle partit à Cannes où les Blanco-Ferrari avaient décidé de replier une partie de leurs ateliers de confection. Bon nombre de leurs clients s'étaient installés eux aussi dans les parages.

C'est là, dans la lumière si étonnante pour elle de cette Méditerranée à peine découverte, que naîtrait son projet le plus fou. Monter sa propre maison de couture. Pour cela il lui faudrait emprunter, travailler, cacher ses plans, étudier minutieusement le terrain. Avancer en donnant l'impression de rester immobile. Une attitude certes complexe, mais qui lui était parfaitement naturelle.

DEUXIÈME PARTIE

L'autre

1

Qui n'a jamais passé un 15 Août à Nîmes ignore ce qu'est la canicule en France. Pas un pouce d'air, ni frais ni tiède. Et cette impression que la chaleur vous pèse sur les épaules, vous étreint la nuque, vous écrase. Il faut attendre le soir pour que se dénoue la pression. Le soir, la nuit...

Nora Kaplein ne vivait plus que la nuit. Elle restait calfeutrée dans sa chambre les longues heures de ces interminables journées d'été. Ne se levait que pour aller se tamponner le visage avec une serviette humide, pour boire avant qu'elle ne tiédisse de l'eau citronnée qu'elle mettait à rafraîchir dans une jarre de terre garnie de menthe. Elle gardait les volets hermétiquement clos, les fenêtres fermées, les rideaux et doubles rideaux tirés pour se protéger d'un climat qu'elle disait meurtrier. Nora se sentait fragile. Elle avait juste trente ans et attendait son premier enfant. Elle voulait un garçon. Il fallait un garçon pour succéder à David. Seul un garçon pourrait prendre un jour les rênes de la banque familiale dont David avait hérité à la mort de son père qui, avant lui, les avait reçues à la mort du sien. Malgré une jolie fortune, les Kaplein ne se considéraient pas comme riches. Ils ne manifestaient pas non plus cette avidité financière dont faisaient preuve la plupart de leurs confrères. Ils s'attachaient à maintenir la lignée, à « garder la trace », disait

David. La banque Kaplein était pour lui, comme elle l'avait été pour son père et son grand-père, le territoire gagné sur le vide géographique de leurs origines. Le grand-père, Joshka, était venu d'Europe centrale. David n'en savait pas davantage. La première tombe sur laquelle il pouvait se recueillir était celle où reposaient Nathan, son père et Joshka, le fondateur de la banque. Ailleurs, dans des pays dont il ignorait jusqu'au tracé mouvant des frontières, dans des cimetières oubliés, profanés, dormaient des ancêtres inconnus dont, les jours de découragement, il évoquait les souffrances et l'obstination. C'est en pensant à eux que le vieux Kaplein avait bravé la pauvreté, économisé jusqu'au dernier sou, et enfin s'était lancé dans les affaires. Puis un jour, il avait pu ouvrir sa banque. Le plus important pour lui qui avait abandonné parents et amis, qui avait traversé à pied des terres inconnues, dormant dans des granges ou le plus souvent dans des fossés gelés avec pour seul bagage et pour seul héritage un vieux coffre clouté, c'était l'immeuble qu'il avait acheté au centre de Nîmes, tout près des arènes et de la Maison Carrée. Aucun des siens n'avait jamais possédé la moindre pierre. Aucun des siens n'avait jamais été chez lui quelque part, pas même dans sa tombe. Désormais, son fils et après lui sa descendance avaient un lieu, une maison, que personne ne pourrait leur contester. Et sur cette demeure à l'austère façade de pierre patinée par le temps, il avait fait écrire en jolies capitales noir et or : BANQUE KAPLEIN ET FILS. Le fils, Nathan, avait alors dix ans, mais le vieil immigré qui s'interdisait de regarder en arrière s'obstinait en revanche à voir loin devant.

Nora, elle, était fille de tailleurs. Elle n'avait jamais renoncé à donner un coup de main dans l'atelier familial. Elle recevait la clientèle avec aménité. Mais cet été, elle se devait de prendre des précautions, d'éviter la fatigue, les longues stations debout, de ne pas compromettre la naissance de cet héritier si espéré que, dans sa tête, elle appelait déjà Simon.

David essayait, de son côté, de ne pas lui transmettre son inquiétude croissante sur leur situation de juifs, d'autant plus honnis qu'ils étaient banquiers, dans une Europe où l'antisémitisme grandissait. A Nîmes comme ailleurs en France, on regardait ces israélites riches avec mépris, envie, détestation. Sans doute n'était-ce pas le meilleur moment pour mettre un enfant au monde, se disait David. Mais il savait aussi qu'après, il serait trop tard. L'avenir l'inquiétait. Contrairement à Nora qui vivait en vase clos concentrée sur son fœtus, David qui avait participé aux derniers combats d'une guerre dont, jeune conscrit, il avait vécu les horreurs en 18, regardait avec terreur du côté de l'Allemagne. Il savait que bon nombre de Français détestaient les juifs pour des raisons épidermiques : parce que *a priori* ils détestaient l'autre, l'étranger, celui qui dans le fond ou la forme est différent. En revanche, les projets développés par Hitler relevaient, eux, de la pire des haines raciales. David, qui lisait la presse avec avidité, ne ramenait jamais le moindre journal à la maison.

Il était partagé entre l'impatience de voir naître son enfant et le désir, informulé, informulable, que cet été caniculaire qui semblait anesthésier les colères et les drames s'attarde encore un peu. Mais il savait que la guerre civile qui se jouait en Espagne était une menace pour l'avenir. Il savait qu'un jour peut-être, comme jadis son grand-père, lui aussi serait obligé de partir. De fuir. Cette idée le bouleversait. Les siens avaient marché vers l'Ouest. Son Ouest ne pouvait se situer désormais que de l'autre côté de l'océan. L'idée de gagner l'Amérique lui était, sans raison réelle, insupportable. Sans doute s'était-il attaché plus qu'il ne l'aurait cru à ce sol français pour lequel il s'en était fallu de peu qu'il ne donnât sa vie. Les jours de marin, c'est ainsi que dans cette partie du Languedoc on nomme le vent humide venu de la mer, ses poumons empoisonnés par les gaz ennemis refusaient de fonctionner normalement. Il étouffait. Et, plus le souffle lui manquait, plus son angoisse augmentait. Une ou deux fois, il s'était évanoui, refusant de tout son être ce simulacre de mort que lui jouaient un corps et une mémoire endoloris.

Il avait beau se répéter qu'il était français – son corps meurtri, sa respiration capricieuse n'en étaient-ils pas la douloureuse preuve ? –, il ne parvenait pas à se persuader que les autres voyaient en lui un compatriote à part entière.

Nora avait préparé une chambre d'enfant entièrement bleue et blanche, ce qui avait fait sourire son époux qui voyait dans ce choix de couleurs – couleurs de garçon, certes, mais aussi couleurs des enfants consacrés à la vierge Marie – une marque implicite de son fort désir d'assimilation. Le père et la mère de Nora avaient, sur le tard, épousé la religion catholique et romanisé leur patronyme. De Langfuss (prononcé Langfouss), leur nom était devenu Langefus. Cependant, pas une seule des vieilles familles nîmoises qui avaient recours depuis des générations au « savoir-faire anglais » des Langfuss n'avait pu les appeler par leur nouveau nom.

Et lorsque la petite Nora avait fini par épouser David au terme de longues et chaotiques fiançailles, les Langefus qui avaient fait tout leur possible pour que Nora prenne un mari chrétien s'étaient vite consolés à l'idée d'avoir un gendre riche. Quoi qu'il en soit, plus encore que David, les parents de Nora se sentaient totalement français. Ils prétendaient ne plus savoir à quand remontait l'installation de leurs aïeux à Nîmes. Ils avaient donné deux fils à la France dans les tranchées près de Verdun. Ils étaient d'ici, c'est tout. A la rigueur, ils auraient accepté de devenir britanniques pour coller parfaitement à l'enseigne de leur boutique : La Coupe anglaise.

Aux premières rousseurs de l'automne 36, Simon Kaplein avait vu le jour. Dire qu'il fut adulé ne rend que passablement compte de l'adoration dont il fut l'objet jusqu'à sa cinquième année. Ensuite, tout allait basculer dans le drame. Même en zone libre, les Kaplein n'étaient plus du tout en sécurité. David avait des clients en Espagne. Franco, dont on murmurait qu'il était d'ascendance juive, refusait, semblait-il, de prêter main-forte à Hitler en matière d'épuration raciale. Il était dangereux de passer la frontière clandestinement avec un enfant de cinq ans. Il resterait à Nîmes sous bonne garde. Nora et David partirent le cœur déchiré. Un passeur les attendait du côté de l'Andorre. David et Nora, baptisés pour l'occasion André et Éléonor Laplaine, franchirent la frontière par des chemins de chèvres. Ils dormirent dans des fossés. David ne pouvait s'empêcher de penser à Joshka, son grand-père. Les Kaplein étaient destinés à fuir. Au bord du désespoir, il se répétait : si mon grand-père a résisté, je résisterai aussi. Nora, elle, que la séparation d'avec son fils avait bouleversée, semblait plongée dans un abîme sans fond. Murée dans un silence blanc, elle regardait au loin, d'un regard de démente qui ne la quitterait plus jamais.

2

A quoi tient une éducation ? Si Nora n'avait pas repris très vite son travail à La Coupe anglaise, à la demande pressante de ses parents, elle serait sans doute devenue cette mère abusive qui perçait déjà dans la femme enceinte. Elle se fit un peu prier par les siens – Tu ne peux pas laisser ta mère seule au magasin !... – et finit par accepter de reprendre ses fonctions. Elle avait loué les services d'une nurse bretonne qui était chargée de l'enfant. Simon eut une petite enfance sans problème. Sa mère passait peu de temps avec lui, un bref moment en fin de journée, juste avant que la nurse ne le couche et qu'elle-même ne se prépare pour un dîner, une soirée, une fête. Il ne pleurait jamais lorsqu'elle quittait la chambre. Quand il sut parler, il l'appela « jolimaman ». Elle en fut très heureuse. Nora aimait les compliments. Elle se sentait parfaitement comblée par ce rôle furtif de maman qui ne pesait en rien sur son emploi du temps et par ce statut de mère qui lui conférait une sorte de légitimité sociale. C'était un fait : la maternité l'avait ouverte au monde. Elle, jadis si timide, ne négligeait plus aucune invitation. La jeune fille réservée était à présent une charmante mondaine qui traînait un David soucieux à d'interminables et éprouvantes soirées.

De plus en plus perturbé par la tournure que prenaient les événements politiques, David n'avait pas d'autre désir que de se terrer chez lui, de se plonger dans la lecture des journaux, d'écouter avec fébrilité la radio. Même après l'enfoncement de la ligne Maginot qui consacrait la défaite française, Nora, comme fortifiée par la seule vue de son fils, demeurait indifférente au drame qui se jouait à quelques centaines de kilomètres de chez elle. Et lorsque le danger se rapprocha, elle ne comprit pas la décision prise par son époux. Elle ne voyait pas pourquoi ils devraient partir. Sans doute pensait-elle en son for intérieur qu'elle était tout à fait française, et blonde, et mutine au demeurant, et que, si par malchance un problème se présentait, les Kaplein et, dans une moindre mesure, les Langefus avaient de quoi payer. Jusqu'à sa mort prématurée, Nora s'imaginerait que tout peut s'acheter sur cette terre, même la tolérance, même l'identité.

Simon fut élevé par trois femmes. Nana, la nourrice bretonne qui n'avait pas souhaité quitter l'enfant, Ursule, la bonne des Kaplein, une Nîmoise de souche qui tenait la maison d'une main de fer, et sa sœur Mélanie, qui exerçait le métier de tailleur chez les Langefus. Ces derniers, sur les conseils de leur gendre, s'étaient réfugiés dans un mazet qu'ils possédaient dans les Cévennes.

Les trois femmes et l'enfant partageaient l'appartement de Mélanie qui, elle, continuait à travailler dans une semi-clandestinité. Le magasin avait baissé son rideau de fer, mais les ouvrières œuvraient encore sous sa houlette dans l'atelier, à l'étage.

Sa vie durant, Simon se souviendrait de ce temps qui fut pour lui un étrange paradis de l'enfance. Il s'appelait désormais Odon, vieux prénom français que Mélanie avait rencontré dans un de ces romans de Delly qu'elle lisait en maugréant – encore des histoires de prince et de bergère, c'est toujours pareil, d'une niaiserie… ! – mais qu'elle ne lâchait pas avant d'avoir atteint, dans une sorte de fièvre, le point final. Le patronyme d'Odon serait le même que celui de ses parents : Laplaine. Odon Laplaine.

Les trois femmes savouraient les sonorités de ce nom qu'elles trouvaient subtilement aristocratique. Et si français...

Odon tarderait à aller à l'école. Aucune de ses gardiennes n'était pressée de le voir s'éloigner, et, pire encore, de se socialiser. Pour ne rien risquer, l'enfant devait être tenu à l'écart des horreurs de la vraie vie. Nana et surtout Ursule lui apprenaient à jouer aux cartes. Elles aimaient les réussites, la belote, le rami. L'enfant s'amusait à faire avec elles de très longues batailles qu'elles n'osaient pas interrompre par crainte de le voir se mettre en colère.

Simon-Odon était un enfant doux qui pouvait piquer des rages d'adulte. Comme son père, disait Ursule, qui était entrée toute jeune fille au service de M. Nathan, et qui avait connu David à l'âge qu'avait aujourd'hui son fils. Mélanie avait décidé de lui apprendre à lire. Ne trouvant pas les romans de Delly – les seuls qu'elle possédât – convenables pour un enfant, elle avait pensé que son missel de vieille catholique ferait un excellent abécédaire. Ainsi Odon fut-il élevé aux saintes écritures et à la viande de marché noir qu'il consommait avec un égal appétit. Mélanie échangeait volontiers tissus et travaux de couture contre des gigots d'agneau sortis, disait-elle, de « derrière les fagots ». Elle les cuisinait avec des marrons ramassés dans les Cévennes où elle et sa sœur Ursule se rendaient à bicyclette deux fois par mois.

Odon raffolait de la purée de marron, de la souris du gigot et des litanies du saint nom de Jésus qu'il sut déchiffrer très vite. Il chantonnait comme une comptine :

Seigneur, ayez pitié de nous.
Jésus, ayez pitié de nous.
Jésus, écoutez-nous.
Jésus, exaucez-nous.
Père céleste, qui êtes Dieu, ayez pitié de nous...

Ce qui ravissait les trois femmes qui avaient bien sûr de la religion, mais qui pensaient surtout à la sécurité de l'enfant. Un gamin qui joue à la marelle ou aux billes en célébrant le nom de Dieu ne pouvait être suspecté de judéité. Ce petit ange blond pourrait faire ses classes chez les bons pères dès l'automne suivant. C'est donc sans le moindre problème qu'il rentra en classe à l'automne 43.

Sa première année d'école fut à la fois une réussite – il obtint des notes plus que satisfaisantes – et un échec – il ne put suivre les cours avec régularité tant il eut de problèmes de santé. Protégé jusque-là à outrance – il n'avait jamais été en contact avec un seul enfant de son âge –, il contracta à la suite toutes les maladies infantiles, rubéole, rougeole, varicelle, et même une coqueluche qui sa vie durant lui fragilisa les poumons.

Odon avouerait plus tard à ses tantes – c'est ainsi qu'il nommait les trois femmes – que, dans le fond, il avait préféré le temps des microbes à celui des cours. Non pas qu'il fût paresseux, ni qu'il n'aimât pas l'étude, il adorait apprendre, mais il redoutait la présence de ses camarades qui voyaient en lui un enfant trop gâté, peu enclin aux jeux musclés et que les succès scolaires éclatants marginalisaient. Odon fut un moment le souffre-douleur de ses condisciples qui le traitaient de poule mouillée, de chouchou du père, de lèche-cul et même de fille.

La haine de ses camarades avait été portée à son comble lorsque, pour Noël, il avait été choisi pour jouer le rôle de l'enfant Jésus dans un spectacle racontant sa vie. Le grand de treize ans qui dut tenir le rôle de Marie fut tout de même plus chahuté que lui.

Même si Odon se fondait à la perfection dans l'institution catholique – en cette première année d'école il reçut le prix de conduite, celui de français, de chant, de récitation et de catéchisme –, les trois femmes demeuraient vigilantes. Le fils de David Kaplein risquait gros. Et la moindre indiscrétion, la plus petite confidence, l'esquisse d'une maladresse pouvaient coûter la vie à l'enfant mais aussi à ses tantes présumées. Le fait que Simon-Odon ne fût jamais vu en compagnie de sa mère du temps où ses parents avaient pignon sur rue était une bonne chose. A Nîmes, on savait que les Kaplein avaient pris le large. Ou du moins avaient disparu. Des légendes naquirent, racontant leur départ pour l'Amérique accompagnés de coffres anciens croulant d'or. Personne ne sut en ce temps-là qu'ils avaient à peine emporté une valise avec le nécessaire et juste assez d'argent pour survivre et payer le passeur. Personne ne saurait que Mélanie conservait dans sa cave une partie de la fortune de Simon. Avant de quitter Nîmes, David, durant les semaines qui précédèrent son départ, déposait tous les soirs des sacs remplis de billets et d'or chez cette femme dont il connaissait l'honnêteté et le sang-froid. Il n'en avait averti personne, pas même Nora. Il fallait assurer le présent et l'avenir de Simon. Son pessimisme naturel lui soufflait que peut-être il ne reviendrait pas. Et lorsque l'État français donna l'ordre à un homme sûr, un proche du Maréchal, de reprendre la banque, celui-ci ne trouva qu'une faible partie de la fortune des Kaplein sans pour autant comprendre la manière dont elle avait été réduite. David avait jugé plus prudent de ne pas vider complètement ses comptes, opération qui, au moindre contrôle, l'aurait dénoncé comme un futur fuyard. Ces quatre dernières années, il avait sorti peu à peu la plus grosse part de ses avoirs qu'il avait cachés dans des coffres vidés au dernier moment. Ainsi les nouveaux maîtres de la banque Kaplein ne purent pas crier à la fuite des capitaux. De plus, la banque était florissante. David avait fait de bonnes, de très bonnes, affaires. Ils durent l'avouer en privé, et non sans ironie, à ces bourgeois de Nîmes qui s'étaient longtemps flattés de dîner avec Nora et David et qui aujourd'hui dînaient comme si de rien n'était avec leurs « successeurs » :

— Il n'y a pas à dire, pour la finance, la tenue des comptes, la gestion bancaire, les juifs restent les meilleurs. Il paraît que c'est génétique.

3

Deux ans après la fin de la guerre – Odon avait déjà onze ans et entrait brillamment en sixième dans un collège religieux –, ni David ni Nora n'avaient donné le moindre signe de vie. Mélanie, Ursule et Nana avaient eu quelques nouvelles de David en juillet 44. Une lettre leur était parvenue sans qu'elles sachent trop comment. Un matin, Mélanie avait trouvé dans la boîte une enveloppe non timbrée écrite à n'en pas douter de la main de David. Elle n'avait jamais su ni qui l'avait déposée là ni par quel moyen elle était arrivée en France. David écrivait qu'il était passé en Amérique avec Nora. Mais il avait dû la faire hospitaliser car les symptômes qui s'étaient manifestés à Madrid n'avaient cessé de s'aggraver. Il était inquiet.

Aucune des trois femmes n'ayant appris quel avait été le sort de Nora lors de son séjour madrilène – elles ignoraient aussi que les Kaplein s'étaient réfugiés à Madrid –, elles ne purent que s'inquiéter à leur tour sans trop savoir si la vie de la jeune femme ou seulement sa raison étaient en danger. Aussi décidèrent-elles d'épargner Odon – elles ne l'appelaient plus qu'ainsi de crainte de se tromper face à un interlocuteur indélicat – et de ne rien lui dire de ses parents. Il ne posait jamais de question à leur sujet. On verrait bien. La guerre, leur semblait-il, avec ce pessimisme inné de celles qui savent depuis l'enfance ce qu'est le malheur, était loin d'être finie. Elles prièrent avec plus d'ardeur encore et firent savoir aux parents de Nora, toujours réfugiés à la campagne, que leur fille et leur gendre étaient en Amérique et qu'ils avaient des problèmes de santé. Le pluriel « ils » leur semblait plus délicat, moins brutal. Et, dans le fond, il n'était pas si faux. Nora seule avait des problèmes de santé, mais le couple vivait de conserve des moments très difficiles.

Puis, les années avaient passé. Il y avait eu l'armistice, la joie de la Libération, les camions militaires américains qui sillonnaient les routes. Jamais à Nîmes on n'avait vu autant de Noirs, gigantesques et joyeux. Dans les cafés du centre, on entendait résonner des musiques nouvelles, endiablées. Il y avait un air de fête dans l'austère cité nîmoise. Un vent de bonne folie soufflait. Mais, très vite, les nouvelles que l'on apprenait sur les camps de concentration, les millions de morts, l'épouvante des corps entassés, des charniers, des chambres à gaz, les rescapés d'une maigreur cadavérique dont le regard errait encore en enfer, éclataient comme des bombes à retardement, éclaboussant d'horreur un présent que chacun voulait neuf et ouvert.

Mélanie comprit la première ce à quoi avait échappé Odon. Pour elle, garder ce petit juif sous son aile, partager cette charge avec sa sœur et son amie Nana, avait été une manière de lui épargner des souffrances. Désormais, dirait-elle plus tard à quelques proches, elle savait qu'elles ne lui avaient pas seulement sauvé la vie. Sans le savoir, par amour, elles l'avaient arraché à la mort.

L'absence de nouvelles de ses parents n'affectait toujours pas Odon Laplaine qui ne voyait pas pourquoi il lui faudrait encore changer de nom et reprendre celui qu'il se souvenait à peine d'avoir porté : Simon Kaplein. Pour tout le monde, il était Odon. Ses parents ? Partis à l'étranger, en Amérique. Pourquoi ne revenaient-ils pas le chercher ? Parce qu'ils étaient occupés là-bas. Non, il ne se sentait pas abandonné. Sa grand-mère maternelle que son changement de patronyme ne choquait pas – n'avaient-ils pas fait la même chose, son époux et elle ? – s'inquiétait malgré tout de l'indifférence du gamin. A onze ans, disait Mme Langefus, on doit avoir des sentiments pour ses parents, et surtout les manifester.

Si elle s'était adressée ainsi à son petit-fils, il lui aurait sans doute rétorqué qu'il avait du sentiment pour ses tantes et un peu aussi pour elle et pour son grand-père. Les autres, il les connaissait si peu. Il était petit lorsqu'ils étaient partis. Et puis, après tout, c'était à eux de revenir. C'est eux qui lui préféraient l'Amérique…

Odon n'apprendrait que des années après, en 1953, que sa mère était morte dans un hôpital psychiatrique de Boston en septembre 44 et que son père ne lui avait survécu que deux ans. Il avait regagné New York dans l'espoir de retourner en France et là, à court d'argent, il s'était embauché comme comptable dans une épicerie en gros du quartier juif. La maladie l'avait surpris dans cette famille polonaise qui l'avait accueilli et avec laquelle il avait retrouvé, l'espace de quelques mois, la musique si lointaine et si familière de cette langue yiddish que parlaient entre eux son père, son grand-père et sa mère. Plus tard, Odon adulte se plairait à imaginer ce père presque inconnu renouant dans une lointaine mansarde de New York avec cette langue maternelle dans laquelle il avait un peu vécu et dans laquelle il était mort.

– Un juif n'a pas de terre, mon amour, dirait-il à la femme de sa vie, il n'a que sa mémoire et sa langue. En ce sens, mon père est mort chez lui.

Indiscipliné, volontiers rêveur, Odon franchissait avec aisance les étapes de sa scolarité. A dix-sept ans, il sut qu'il était à jamais orphelin et fut reçu à son baccalauréat avec mention bien.

En marge de ses travaux d'école, il aimait traîner dans l'atelier des Langefus qui avait réouvert ses portes et dont la réputation de sérieux était demeurée intacte. Mélanie, qui y avait repris ses fonctions de chef tailleur, le grondait un peu lorsqu'elle le voyait demeurer trop longtemps devant les grandes feuilles de papier épais et beige dans lesquelles elle découpait les patrons. N'avait-il pas mieux à faire qu'à gâcher la marchandise en gribouillant de drôles de formes qui, selon elle, ne correspondaient à rien ?

— Ils seraient beaux, les gens dans tes habits imaginaires ! Mais c'est importable, gamin, ces trucs que tu dessines. Ce sont des habits de martiens, ou des costumes de théâtre, pas des vêtements de la vraie vie.

Dans le fond, elle ne les trouvait pas si mal, ces croquis. Elle reconnaissait qu'ils avaient du chic. C'est cela, du chic ! Du cachet. De l'allure… Mais quelle allure ! Qui comptait-il habiller ainsi ? Des hommes ? Sûrement pas. Des femmes ? Pas davantage. Elle en arrivait toujours à la même conclusion. Ce garçon était brillant, imaginatif, poète même, mais il lui manquait ce grain de jugeote qui avait fait le génie commercial de son père et de son grand-père. Elle se mettait alors à soupirer, s'interrogeant sur ce qu'on pourrait bien faire de ce petit qui à coup sûr n'avait pas la fibre comptable et moins encore bancaire. Jamais elle ne se serait hasardée à imaginer qu'il pourrait un jour prendre l'atelier et la boutique des Langefus. Sans doute trouvait-elle qu'être tailleur en province était une condition trop inférieure pour un garçon comme lui. Pour Odon, elle rêvait le meilleur. Il irait loin, loin… Mais où ?

Avec leurs yeux fatigués de tantes tutélaires, Mélanie, Ursule et Nana, qui disaient à qui voulait les entendre que leur Odon était vraiment le plus beau, n'avaient pas vu qu'il était surtout le plus séduisant des adolescents de son collège. Sa blondeur éblouissait les mères et les sœurs de ses camarades de classe qui se bousculaient toutes pour l'inviter à des goûters, puis à des surprises-

91

parties que dans ce milieu chic nîmois où il était reçu, où l'on ignorait tout de ses origines, on appelait « rallyes ».

Odon s'y rendait volontiers mais s'ennuyait beaucoup. Il n'était guère attiré par ces adolescentes pâlottes en jupe plissée, corsage clair et pull shetland qui se tortillaient devant lui dans l'espoir de l'avoir pour cavalier lors de la prochaine danse, qui serait sûrement un slow. Les mères l'intéressaient davantage. Il était fasciné par ces bourgeoises qui le dévisageaient avec l'audace que leur permettait leur âge, âge qu'elles avaient malgré tout tendance à oublier en laissant errer des regards complices et alanguis sur le visage, le corps, les mains de ce beau blond, hélas inaccessible.

Sous prétexte de voir en lui le gendre rêvé, elles se prenaient à rêver de lui sans l'intermédiaire de leurs filles qui se dandinaient, sur des musiques fades dans les bras d'héritiers boutonneux.

Nul ne savait qu'Odon était le fils de ce juif Kaplein, une fortune, qui avait disparu pendant la guerre, qui ne reviendrait sans doute plus... La banque ne s'appelait plus Kaplein depuis belle lurette. Oui, elle a été reprise. Mais les repreneurs ont toujours dit que les coffres étaient vides. Enfin, on se comprend. Rien d'illégal pour le client, mais l'argent de la banque, l'argent quoi, lui, il avait disparu. C'est probablement la raison pour laquelle personne n'est venu réclamer quoi que ce soit à la Libération. Même l'immeuble de la banque avait été vendu en douce. Il n'appartenait plus aux Kaplein lorsqu'ils ont filé. Ils ont dû partir avec un sacré paquet, ceux-là.

La conversation n'allait guère plus loin. Il y avait eu les camps de concentration, alors, on n'en dirait pas davantage. Mais tout de même...

Ces bavardages-là, Odon ne les a jamais vraiment entendus, il les a imaginés, recomposés à partir de quelques bouts de phrases. Il a eu envie une fois ou deux de jouer à : « Kaplein, vous avez dit Kaplein ? C'est moi, pour-

quoi ? » Juste pour voir leurs têtes. Mais il y a renoncé.
Parce qu'il se sentait Kaplein uniquement lorsqu'on cra-
chait, du bout des lèvres désormais, sur ceux que d'aucuns appelaient les gens de sa race. Le reste du temps, il
était lui ; Odon Laplaine, neveu de trois tantes magni-
fiques, et, pour la galerie, « parent éloigné des Langefus
tailleurs ». Odon Laplaine dont le regard ne s'allumait
que devant la silhouette sensuelle d'une femme mûre.
Odon qui, plus tard, plongerait dans le chiffon, comme
disait sa grand-mère sous prétexte d'être né dedans. Mais
ses projets étaient trop vastes pour le petit atelier et
la boutique. Il lui faudrait plus grand. Il en parlerait
un de ces jours avec Mélanie.

4

Odon aurait dix-huit ans à l'automne. Une semaine avant son anniversaire, il entrait à l'université de Montpellier pour y étudier le droit, selon les vœux de ses grands-parents Langefus qui prétendaient appliquer à la lettre les désirs de leur fille et de leur gendre défunts. Mélanie, sa sœur et Nana n'avaient pas eu connaissance d'un tel souhait. Elles trouvaient même assez surprenant que Nora ou même David qui, pour des raisons différentes, consacraient si peu de temps à leur fils avant les événements, eussent envisagé la moindre perspective de carrière pour un enfant alors âgé de six ans. Malgré les réticences discrètes de Mélanie, ils n'en démordirent pas.

– Que Simon étudie le droit était le vœu de ses parents, l'ultime vœu de notre chère Nora et de David.

Mélanie n'avait jamais cru à ce qu'elle appelait « cette fable », et expliquait aux autres qu'à défaut d'avoir pu vivre près de leurs enfants, les Langefus les avaient réinventés, leur prêtant pensées et projets, puis elle concluait en se signant furtivement : il est si difficile de faire son deuil. Mais, devant leur émotion, elle faisait semblant de croire à leur mission, même si, comme Odon, elle aurait préféré qu'il étudiât tout autre chose. Les beaux-arts, par exemple.

Elle avait toujours vu en lui un artiste. Un créateur. Elle avait résisté aux désirs à demi exprimés des Langefus de

94

voir leur petit-fils reprendre l'affaire. Non qu'ils veuillent le voir devenir tailleur comme eux. Mais ils avaient de grands projets qu'ils ne formulaient qu'avec lui : agrandir le magasin, ouvrir un rayon prêt-à-porter féminin haut de gamme. Le sur-mesure homme n'était plus ce qu'il était. On s'habillait moins chic et l'on changeait de tenue plus souvent. Tout allait plus vite désormais, les trains, les voitures, les histoires d'amour. Il fallait adapter le vêtement à cette nouvelle urgence. Ainsi la mesure industrielle fit-elle son apparition côté masculin. Et sous le regard sceptique de Mélanie que ces changements ne troublaient guère mais ne satisfaisaient pas non plus, arrivaient par camion de livraison « rapide » des costumes taillés, faufilés, montés, qu'il ne restait plus qu'à adapter aux corps de ces messieurs modernes qui trouvaient le prêt-à-porter vulgaire, le sur-mesure désuet et préféraient à celle de leur vieux tailleur la signature d'un couturier de renom que de petites mains adapteraient à leur anatomie.

— Ce n'est pas d'un bon tailleur dont nous aurons besoin à l'avenir, mais d'un homme qui sache gérer notre affaire.

Et, comme pour ces riches artisans, l'image de chef d'entreprise la plus flatteuse qu'ils puissent imaginer était celle de ces jeunes gens des bonnes familles nîmoises qui étudiaient le droit dans la perspective de succéder à leur père dans l'affaire – banque, commerce, cabinet d'assurances – que celui-ci tenait déjà de son propre père, ils s'étaient vus grands-parents d'un brillant juriste prenant comme eux la relève. Leur petit-fils les ferait entrer dans le cercle étroit de la bourgeoisie gardoise…

Ainsi Odon fut-il inscrit en droit. Il n'opposa aucune résistance. Il avait appris que l'affrontement direct était la pire des méthodes à employer avec les Langefus. S'il refusait d'obtempérer, sa grand-mère éclaterait en sanglots et évoquerait la mémoire de sa pauvre Nora, morte pour sauver son ingrat de fils. Quant à son grand-père, il le culpabiliserait en lui disant d'un ton lugubre :

— Regarde ce que tu as fait à ta pauvre grand-mère. Ne crois-tu pas qu'elle a assez souffert dans la vie ? Après ta mère, c'est toi. Mais toi, tu vas vraiment la tuer de chagrin...

Il avait déclenché de telles scènes deux ou trois fois en dix ans et s'était juré de ne plus recommencer.

Il avait donc accepté en souriant de s'inscrire à la faculté de droit. N'avait fait aucun autre commentaire que ceux, sans conséquences dramatiques, concernant son logement. Il ne pourrait pas étudier à Montpellier et vivre à Nîmes. Il faudrait lui trouver un studio près de l'université. Mélanie s'en chargerait. Elle avait habité Montpellier dans le temps, juste avant de travailler chez les Langefus. Elle y avait gardé quelques connaissances.

Non sans malice, Mélanie dégota un deux-pièces dans la vieille ville, rue du Pilat-Saint-Gély, « très central, précisa-t-elle, pas loin de la faculté de droit ». Ce qu'elle ne dit pas, même à ses deux compagnes, c'est qu'il était plus près encore de l'École des beaux-arts. Elle savait d'instinct que c'est la géographie qui fait l'histoire. Son Odon ne deviendrait pas un rond-de-cuir, un juriste pâlot coincé dans une entreprise familiale de province. Son Odon portait en lui les stigmates de la grandeur, de la gloire. Il serait célèbre, elle en donnerait sa main droite, celle qui coud, à couper.

Odon se sentit tout de suite bien dans cet appartement minuscule niché au quatrième étage d'un vieil immeuble populaire. Il aimait regarder les ciels d'un rose-mauve les soirs où la brume monte de la mer toute proche. Il aimait les bruits de la cité qui lui parvenaient, assourdis, telle une musique lointaine. Il ne connaissait pas bien Montpellier. Il y était venu quatre ou cinq fois, dont une pour les inscriptions universitaires et une autre pour accompagner Mélanie dans sa recherche d'un logement. Il se réjouissait à la perspective de découvrir la ville.

Ses premières semaines d'étudiant furent assez éprouvantes. La solitude qu'il désirait pourtant très fort – il manquait d'air dans le cercle affectueux de ses trois mères adoptives – lui fit vite peur. Il n'avait pas envisagé ce minimum d'organisation – achat de café, biscottes, beurre, confiture – qui permet, dès le réveil, de se préparer un petit déjeuner. Odon n'avait jamais fait la moindre course alimentaire et se trouva dépité devant les placards vides d'une cuisine assez dépourvue d'ustensiles de base. Le recours au petit noir-croissant pris sur le zinc, dont bien des écrivains vantaient le charme dans les romans qu'il lui arrivait de lire, n'en eut aucun à ses yeux ensommeillés. Le bar le plus proche n'était pas à côté. Il fallait marcher au moins cinq bonnes minutes pour le rejoindre. Et il se sentait d'une humeur de chien lorsqu'il était contraint de se laver, de s'habiller et, pire, de sortir, avant d'avoir avalé un café.

Le dîner au restaurant universitaire ne s'avéra pas plus séduisant que le petit déjeuner au bistrot. Il avait détesté dès le premier instant cette salle sordide d'un vieil hôtel particulier dans lequel, disait-on, avait vécu Rabelais lors de son séjour à Montpellier. Dans une lumière imprécise, des étudiants chahuteurs qui avaient tous l'air de se connaître se pressaient avec leurs plateaux gluants et leurs assiettes maigrement remplies d'une nourriture assez peu identifiable. Il fallait ruser pour trouver une place sur les grandes tables de bois décolorées par les lavages, qu'ils investissaient en bandes avec la détermination des étourneaux s'abattant sur une vigne à l'automne. Odon avait renoncé très vite à se rendre le soir au restaurant universitaire, et se contentait d'un sandwich ou d'un plat de pâtes mangés à la hâte dans un des bistrots qui jouxtent la place de la Comédie. Il n'avait pas envie de nouer des relations avec ses voisins de table bruyants et fuyait assez vite, la dernière bouchée avalée, chez lui ou, le plus souvent, dans l'un des cinémas proches. Aux films assez bavards que l'on projetait à la séance de vingt et une heures et qui étaient pour la plupart d'insipides comédies de mœurs, il préférait les images d'actualités, et les publicités charmantes qui présentaient des bas, des médicaments miracles ou des vêtements chic qui le faisaient rêver. Puis il rentrait chez lui sans se presser, comme pour déguster à l'air libre quelques images sensuelles ou amusantes dont il se délecterait encore dans la solitude de son lit. Aux choses vues et vécues, Odon avait toujours préféré le souvenir qu'il en gardait et qu'il pouvait recomposer, aménager à sa guise selon ses humeurs et ses fantasmes. Ainsi convoquait-il souvent au cours de ses nuits d'insomnie et de désir l'image d'une femme très belle qu'il avait rencontrée au théâtre de Nîmes quelques mois auparavant. Elle occupait la loge contiguë à celle que les Langefus louaient à l'année. Elle était en compagnie de gens qui l'entouraient avec ferveur et qu'elle traitait avec une indifférence polie. Elle n'avait eu d'yeux que pour Odon. Et lui avait même adressé la parole à l'entracte. Quelqu'un – il avait oublié qui – les avait présentés. Elle avait la blondeur de Madeleine Sologne et la sensualité de Martine Carol. Il avait eu l'impression d'être avalé par son regard. Jamais, même dans les antichambres de ces maisons bourgeoises où l'accueillaient les mères avenantes de ses jeunes amies qui gardaient longuement sa main dans les leurs, non, jamais il n'avait à ce point été troublé par le contact insinuant et furtif d'une femme. Quand il avait refait surface, elle était sur le point de quitter le théâtre. Elle s'était alors retournée et lui avait dit :

— Ne me demandez pas pourquoi, mais je suis sûre qu'on se reverra.

Sa grand-mère que la scène avait intriguée, voire gênée – la belle inconnue n'était pas une gamine et son attitude n'avait rien de maternel –, avait fini par apprendre que cette femme était une célébrité du monde de la couture. Mais elle lui avait tu tous les renseignements qu'elle avait obtenus. Elle ne laisserait pas cette croqueuse avaler tout cru son mignon garçon…

Il n'avait pas voulu savoir quoi que ce soit sur cette femme. Il rêvait d'elle très souvent, des rêves d'un érotisme naïf qu'il répétait à loisir avec cette candeur des enfants qui découvrent leur vrai bonheur dans la répétition, comme si toute interruption, toute différence pouvait effacer la joie pure de la jouissance première. Lui aussi était sûr de la revoir. Jamais pourtant il ne lui était venu à l'esprit qu'il pourrait la chercher. Il la rejoignait dans l'intimité moite de ses nuits solitaires. C'est ce qu'il avait inventé de mieux pour distraire l'attente.

Les cours étaient un agréable passe-temps. Il trouvait l'enseignement du droit poétique. Chose, bien sûr, qu'il n'avoua pas à son aïeule qu'un tel détachement à l'égard de cette discipline sérieuse et socialement prestigieuse aurait choquée. Il aimait la musique des conférences magistrales dites avec emphase par des universitaires qui, à force de les répéter au fil des ans sans en changer la moindre virgule, avaient fini par acquérir cette prestance, cette force qui font la gloire des grands comédiens.

5

Il y a déjà presque deux mois qu'Odon est installé dans son appartement de la rue du Pilat-Saint-Gély. Ce sera bientôt Noël. Il ne fait pas plus froid à Montpellier qu'à Nîmes, peut-être un peu plus humide. La mer est si proche. Depuis quatre jours, il ne cesse de pleuvoir, et cette rue en pente qu'il habite prend des allures de torrent. Un temps de chien. Un temps à ne pas mettre un chien dehors. Le langage populaire est ainsi, plein d'images et de contradictions. Odon se sent vraiment paresseux. Pour la première fois depuis son arrivée, il décide – en réalité, il ne décide pas, il fait comme si rien d'autre n'existait que cet hiver pourri –, enfin disons qu'il décide, de ne pas bouger de chez lui. Plus exactement de sécher les cours. L'expression qui lui traverse l'esprit l'amuse. Il sèche les cours pour ne pas se mouiller. Odon adore jouer avec les mots.

Il a appris à remplir ses placards. A avoir à sa disposition tout ce dont il a besoin pour tenir au minimum deux jours sans mettre le nez dehors. Il se bricole un petit déjeuner solide qu'il avale devant la fenêtre. Quatre heures de cours se déroulent sans lui. Il n'en éprouve aucune gêne. Aucun remords. Il suit les conférences de droit uniquement pour ne pas contrarier ses grands-parents. Mélanie, elle, s'en fout. Mélanie veut toujours ce qu'il veut et souhaite ce qu'il se souhaite. Mélanie est

100

un ange. Un ange râpeux, parfois plus gant de crin que doux duvet, mais un ange quand même.

Il pleut, comment s'amuser ? C'est le titre d'un de ses livres d'enfance qui racontait l'histoire d'enfants anglais condamnés par le ciel inclément – mais ne l'est-il pas toujours en Angleterre ? – à rester chez eux et à s'inventer un monde avec des jouets, des boutons, des couleurs et beaucoup d'imagination. Lui n'a ni boutons ni jouets, mais, au fond de sa valise, il y a de grandes feuilles de papier Canson, des aquarelles, des pastels, de la gouache et une série de crayons à papier. C'est un cadeau de Mélanie. Il ne les a jamais sortis. Pour ne pas céder à la tentation ? Par oubli ? Parce qu'il n'en avait pas jusqu'ici éprouvé le désir ? Il l'ignore. Peut-être avant n'était-ce pas le moment, voilà tout. Aujourd'hui, ça l'est.

Odon installe son matériel avec une lenteur voluptueuse. Il ne sait pas encore qu'il ne mettra plus les pieds à la faculté de droit. Mais il sait que cet instant est important. Aussi le savoure-t-il. Rien ne le presse. Rien ne presse. Il a la vie devant lui et sa vie est là dans cette boîte en bois vernis qu'il ouvre sans hâte.

Plus tard, il se demandera quel aurait été son destin si l'automne 54 n'avait pas été si scandaleusement pluvieux et pourri. Les réponses qu'il se donnera à lui-même, en toute mauvaise foi, ne sont jamais parvenues à lui faire regretter d'avoir fui les trombes d'eau qui s'abattaient sur Montpellier cette année-là.

D'autant moins que c'est à peu près à cette période – il avait déserté les cours depuis à peine deux ou trois semaines et le soleil, bien sûr, était revenu – qu'il a fait la connaissance d'Ahmed.

Ahmed habite, lui aussi, le numéro 10 de la rue du Pilat-Saint-Gély au cinquième étage, sous les toits. Odon, lui, vit juste en dessous. Un matin, vers dix heures, Ahmed frappe à la porte d'Odon. Il lui dit :

– Excuse-moi de te déranger, je suis Ahmed, le type

qui marche sur ta tête, et cette nuit, je sais que j'ai marché très fort. Ça ne se reproduira pas. On a fait la fête... Tu comprends...

Odon n'a rien entendu de particulier ou en tout cas rien de plus que d'habitude. Ça bouge toujours la nuit au-dessus de lui, il y a de la musique, enfin des chansons très rythmées, genre latino, qui passent en boucle. Il a pensé que le voisin draguait en mettant des chansons sur son Teppaz, et qu'ensuite, pris dans le feu de l'action, il oubliait d'arrêter le disque en fin de parcours. Alors le bras de l'appareil repartait sur la piste et hop, il en prenait pour un nouveau tour. Ça l'avait d'abord amusé, puis légèrement irrité. Au bout d'un mois, il n'y faisait plus du tout attention. Un soudain silence l'aurait sans doute troublé. Il pense tout ça en regardant l'autre qui se dandine, vaguement gêné, sur le seuil.

Il y a plusieurs jours qu'il n'a pas adressé la parole à quiconque. L'arrêt des cours l'a coupé de ses semblables. Et il a du mal, là, à discuter avec cet inconnu aussi brun qu'il est blond, aussi naturel qu'il peut être raide ou du moins compassé, et qui explore du regard sa pièce de séjour transformée en atelier.

— Tu fais les Beaux-Arts ? Je ne t'y ai jamais rencontré. Je peux voir ? C'est pas mal, tes études. Pas mal du tout. Je peux entrer ? Au fait, je ne crois pas m'être présenté. Je m'appelle Ahmed Belali, je suis tunisien. J'ai l'ambition de devenir peintre. Faut bien rêver. Mais tu vois, pour le moment, j'apprends... Je suis en deuxième année.

Odon a fini par lui offrir un café et par lui raconter en quelques mots son histoire. Non, il n'a pas osé suivre les cours des Beaux-Arts, il n'est pas inscrit. Mais l'an prochain... Ahmed a proposé d'intercéder auprès de ses profs. Odon pourrait au moins être auditeur libre, enfin quelque chose comme ça. Il pourrait suivre les cours, c'est le plus important.

— Les exams chez nous, tu sais, ce sont nos travaux.

Alors plus tu en fais, plus tu avances... Enfin, c'est comme tu veux, je ne tiens pas à te chaperonner.

Ahmed parlait alors un français un rien maniéré – un français de lycée français chic – qu'il truffait de mots familiers, d'expressions populaires. Il était en France depuis presque deux ans et n'évoquait jamais son retour au pays. Ce qu'il voulait devenir – un peintre reconnu – était, disait-il, « peu compatible avec ma Tunisie natale. Je serai toujours tunisien, mais pas à Tunis, à Paris ».

Il en est des histoires d'amitié comme des histoires d'amour. Rares sont celles qui sont éternelles. Celle qui allait unir Odon et Ahmed ne prendrait fin qu'avec la mort d'Odon au terme de très longues années d'une fidélité sans faille. Mais la fin viendra en son temps... Dans la vie comme en voyage, le plus important n'est ni le départ ni l'arrivée, c'est ce parcours que l'on fait sien, que l'on s'invente, en sachant qu'un jour la destinée y mettra un terme.

Pour l'heure, Odon a dix-huit ans, le fantôme d'une femme-étoile au fond du cœur et un voisin copain qui vient de lui tendre la main pour l'aider à franchir le seuil d'une nouvelle vie. Pour faire plus vieux ou plus artiste, il s'est laissé pousser un fin collier de barbe d'une rousseur solaire. Il se rend désormais tous les matins dans les divers ateliers de peinture, sculpture et dessin que fréquente Ahmed. Ce qui a le plus frappé Odon, c'est la paillardise des étudiants qui se préparent à être des artistes. Dans les cours, il y a une écrasante majorité de garçons et trois ou quatre filles en dessin. L'une d'elles joue parfois le rôle de modèle. C'est une grande brune aux aisselles poilues et à la peau très blanche. On voit l'accordéon de ses côtes quand elle se déshabille en faisant passer ses vêtements par-dessus sa tête. Elle n'a pas l'air du tout gênée d'être là parmi eux, tantôt vêtue, tantôt dévêtue. Tantôt regardante, tantôt regardée. Les étudiants la chahutent davantage lorsqu'elle est habillée.

Comme si pour eux cette nudité-là, offerte aux regards et à l'habileté de leurs crayons, perdait tout attrait sexuel. Les autres modèles, deux filles plutôt rondes avec de grosses poitrines qui, elles, ne sont pas étudiantes, vont et viennent comme des ombres. Comme dit Ahmed : « On les croise habillées dans la rue, on les reconnaît pas ! »

Depuis Noël, passé en famille, Odon ne rentre plus toutes les semaines à Nîmes. A Mélanie, il a dit une partie de la vérité :

— J'ai des amis et c'est amusant d'être avec eux le week-end. On va au cinéma, au concert, au théâtre... Tu comprends ?

Mélanie comprend toujours. Sans doute comprendrait-elle aussi s'il lui disait le reste, l'abandon de la faculté de droit, les cours aux Beaux-Arts..., mais il ne se sent pas tout à fait prêt. Et puis, c'est son secret. Depuis qu'il est tout petit, il a aimé garder pour lui des éléments – pensées, nouvelles, idées –, souvent sans importance. Non par goût de la dissimulation mais parce qu'il sentait déjà qu'être seul à connaître quelque chose est un privilège.

A ses grands-parents, il a raconté des mensonges. Il avait des galops d'essai en droit le samedi toute la journée, et ne rentrer que le dimanche..., ça faisait court. Oui, c'était nouveau. Oui, les professeurs devenaient de plus en plus exigeants. Mais le nombre d'étudiants, la concurrence... Ça, ce mot-là, les Langefus comprenaient. Odon a toujours eu l'art du mot juste.

6

Odon avait fait un pas de côté – quitter les études de droit, suivre les cours des Beaux-Arts –, et soudain tout dans sa vie en était changé. Le jeune homme solitaire et rêveur qui s'enfermait volontiers deux ou trois jours d'affilée dans son appartement sans jamais éprouver le moindre sentiment de solitude était en voie de disparition. Désormais il avait un ami et il partageait avec lui du temps, du travail, des loisirs, des conversations et même dès les beaux jours, au cours de soirées un peu folles – beuverie, danse, drague – qui immanquablement se terminaient sur la plage proche de Maguelone, des filles de passage dont ils connaissaient à peine le prénom. Ces amours d'une heure ou deux consommées dans cette semi-inconscience que donne l'alcool ne laissaient aucune trace dans la mémoire des deux comparses. Au petit matin, tandis que le soleil se levait sur une mer sans vagues, ils regagnaient Palavas à pied en longeant la côte. Ils avaient un peu froid et sommeil. Ils n'étaient ni heureux ni malheureux. Sereins. Seules les démangeaisons de leur peau panée de sable les rattachaient au réel. Il leur faudrait être au cours de dix heures. Ils avaient juste le temps de rentrer en stop, prendre une douche, un café noir, se changer et foncer avec cette énergie que donne le sentiment de vivre plus et plus vite que les autres.

Dans l'existence d'Odon, dans son quotidien d'étudiant

plutôt argenté, volontiers séducteur et parfaitement détaché, il n'y avait pas de place pour la nostalgie ou pour un quelconque romantisme. Aucune des filles qui cette année-là passèrent dans ses bras n'eut la moindre place dans sa vie. Pas même la grande brune aux aisselles poilues qui posait et étudiait aux Beaux-Arts et avec laquelle il lui arrivait d'échanger des propos sur la peinture et le dessin. Il la savait plutôt futée. Et sans doute aurait-il renoncé à vivre avec elle une étreinte rapide et médiocre si elle n'y avait pas tenu, non parce qu'elle le trouvait séduisant, mais parce que, lui avoua-t-elle après, elle avait fait le pari de « se faire tous les types de la promo ».

Il n'avait pas été vexé par un tel aveu. Il n'investissait aucun sentiment dans les gestes répétés de l'amour sans amour. Cela faisait partie de son apprentissage. C'est tout.

Ahmed, lui, mettait plus de formes avec « les jeunes filles ». Son côté oriental... Et peut-être, enfoui très loin dans son éducation d'aîné de famille, le souvenir de petites sœurs vulnérables et à protéger. Mais, dans le fond, il partageait aussi avec Odon sa philosophie de la vie et, comme lui, il voyait dans leur comportement un rien dissolu l'étape inévitable d'un rite de passage.

Ahmed était rentré chez les siens pour les vacances de Pâques. Par cette époque troublée d'avant l'indépendance tunisienne – elle serait proclamée deux ans plus tard – ce retour, même bref, pouvait s'avérer problématique. Odon, pendant ce temps, avait regagné Nîmes où il avait fini par avouer à Mélanie sa nouvelle orientation professionnelle. Elle en était sûre, sûre et certaine, avait-elle répété, les yeux vernis de larmes joyeuses. Elle le savait, elle, que c'était ça, sa vocation. Il avait une âme d'artiste. Les Langefus seraient bien obligés de capituler. Il fut convenu qu'Odon les mettrait au courant dès les vacances d'été. Au lieu d'apprendre que leur petit-fils avait réussi sa première année de droit avec mention, ils devraient se contenter d'accepter son inscription à l'École des beaux-arts.

Ces deux semaines de vacances furent d'une parfaite monotonie. Odon dessinait un peu, se promenait avec modération, rendait visite à ses grands-parents par courtoisie. Le soir, il discutait avec ses trois tantes, de tout et de rien, gardant ses vrais sujets, ceux qui l'intéressaient vraiment, pour ses rares tête-à-tête avec Mélanie qui, malgré son âge, continuait à travailler comme une forcenée. Elle avait fait ouvrir à Mme Langefus un rayon prêt-à-porter féminin de luxe et en assumait seule la gestion. Odon était passé voir cette nouvelle aile du magasin et il avait aidé Mélanie de ses conseils pour l'organisation des vitrines. « Il a l'œil », disait-elle avec fierté lorsque, à quatre pattes dans la vitrine, elle allait changer la disposition d'un meuble – fauteuil, table basse –, le pli d'une robe, le drapé d'un foulard ou simplement l'orientation d'une lampe qui ainsi tournée donnait soudain au lieu étroit d'exposition une troublante profondeur.

Le reste du temps, c'est-à-dire plus de la moitié de ses journées oisives, Odon rêvassait. Pensait-il à Odile Délie croisée presque un an plus tôt au théâtre de Nîmes ? Rien ne permet de l'affirmer. Pourtant, il semble impensable, vu la suite des événements, qu'elle ne fût pas présente dans ses pensées errantes du moment. En tout cas, il n'en disait rien à personne, pas même à Ahmed qui non sans mal avait regagné Montpellier, passablement troublé par la situation politique de son pays et ses relations orageuses avec la France.

Odon avait quitté Nîmes trois jours avant le retour d'Ahmed. En l'absence de l'ami qui l'ouvrait au monde, il avait retrouvé sa solitude de garçon renfermé et heureux de l'être. Plus tard, il dirait à son copain que cette manière de plonger en lui-même, de fuir le réel, lui était indispensable. Sans cela, il ne saurait plus qui il était. Pour aller vers les autres, il lui fallait d'abord se connaître. Et, pour la première fois de sa vie, il lui avait raconté son histoire. L'enfance heureuse, le départ des parents, les trois tantes et surtout, surtout, le changement d'identité. Non, il ne s'appelait pas vraiment Odon Laplaine mais Simon Kaplein. Pourquoi n'avait-il pas repris son vrai nom ? Pour des tas de raisons qui n'en étaient pas mais qui, sur le moment..., enfin ni lui ni les autres ne l'avaient souhaité, et maintenant, maintenant, il ne savait plus tout à fait qui il était. Il avait souri du fond des yeux, ce sourire énigmatique, ni triste ni gai, qu'Odile appellerait « ton sourire de Joconde », et il avait ajouté plus pour lui que pour Ahmed qui l'écoutait en silence :

— Mais n'est-on pas simplement ce qu'on fait ? Alors il ne me reste plus qu'à faire... Faire pour être, joli programme pour un futur artiste de génie, n'est-ce pas ?

Ahmed avait du mal à comprendre ces questions d'identité. Pour lui, tout était simple. Il était l'aîné des Belali, le fils d'Amin, petit-fils d'Ahmed, lui-même fils d'Amin et petit-fils d'Ahmed, et ainsi jusqu'à la nuit des temps, ou presque. Son père était médecin. Il aurait dû lui succéder. Mais il préférait dessiner des corps plutôt que de les soigner. Son frère cadet prendrait la relève. Il serait médecin à sa place. Ahmed avait dit à son père qu'il avait découvert le dessin en regardant ses livres d'anatomie. Pour lui plaire, bien sûr, mais aussi parce que c'était vrai. Au risque de s'attirer les foudres des ancêtres et de Mahomet qui refusait aux artistes le droit de représenter Dieu et de se représenter. Mais, ajoutait-il en riant :

— Il faut ce qu'il faut. Dans les pays arabes comme ailleurs, les livres d'anatomie représentent le corps humain. Je concède qu'ils sont parfois moins harmonieux que le tracé somptueux des lettres du Coran. Enfin quoi, j'en ai tellement rajouté qu'à la fin mon père a presque cru que médecin et artiste c'était pareil...

Il avait beau chercher, Ahmed ne parvenait pas à imaginer ce qu'était un individu sans passé. Sans parents, d'accord, mais sans maison familiale vieille de plusieurs siècles, sans terre des aïeux, parcourue, piétinée par des générations d'hommes dont vous avez hérité le nom, le prénom, les gestes et même les rêves? Il comprenait alors, du fond de ce désarroi que déclenchait en lui une telle vision de solitude, ce goût particulier de son ami pour le silence et pour les mots dans ce qu'ils ont de charnel, de matériel. Des mots qui, dans sa bouche, étaient comme de l'argile, souples, changeants, travaillés. Parfois, il lui disait qu'il parlait comme un écrivain ou un poète. Mais ni l'un ni l'autre ne connaissaient d'écrivains ni de poètes et ignoraient tout de leurs modes d'expression au quotidien. Pourtant, Ahmed n'en démordait pas. Odon était un poète. Il comprendrait un jour que, pour ce petit juif orphelin nourri de catéchisme et élevé par trois femmes d'extraction modeste, le langage – les mots, mais aussi le trait, la couleur, les formes – était bien plus qu'un instrument de communication. C'était son territoire.

Après Pâques et avant les nuits coquines sur la plage, Odon et Ahmed avaient participé au bal masqué des Quat'zarts. Par provocation, parce qu'ils avaient longuement parlé des problèmes d'identité d'Odon, celui-ci avait décidé de s'habiller en fille.

– Je suis tout et n'importe quoi, moi. Juif, chrétien, orphelin avec trois mères, alors pourquoi pas fille?

Comme il ne possédait pas de jupe ni de robe et qu'il ne voulait pas mettre de copine dans la confidence, il avait emprunté une djellaba à Ahmed. Il l'avait bricolée avec de la passementerie, des rubans, du picot achetés au mètre à la mercerie du coin. Il avait aussi fait l'acquisition d'un voile. Il serait Meriem, une femme arabe. Pour l'occasion, il avait dû renoncer à son collier de barbe et avait retrouvé sous le rasoir son visage d'enfant. Il s'était beaucoup amusé à préparer sa tenue. Il avait eu un si franc succès qu'il s'était fait peloter par un grand gaillard de médecine qui s'illustrait surtout au rugby, et qui l'avait pris pour une Française « déguisée en moukère ».

Ahmed, lui, s'était contenté de se déguiser en Tunisien et portait au grand jour des vêtements qu'en général il mettait chez lui.

De cette soirée joyeuse, Odon ne garderait pas de souvenir. Non pas parce qu'il l'avait mal vécue, mais parce que, comme bien des événements concernant cette période de sa vie, elle s'était effacée. En revanche, Ahmed penserait souvent, longtemps, à cette apparition d'Odon, paré comme une princesse des *Mille et Une Nuits*, l'œil bleu cerné de khôl émergeant du voile léger qui cachait son corps fin et lisse de jeune homme. S'il ne l'avait pas vu se préparer avant, s'il l'avait simplement rencontré ainsi à la soirée, Ahmed prétend qu'il ne l'aurait pas reconnu. En tout cas, l'idée ne lui serait pas venue qu'il était de son sexe.

Deux semaines plus tard, et de cela il se souviendrait toujours, Odon rencontrait Odile pour la deuxième fois.

7

Il avait suffi à Odon de découdre les passementeries, les picots et autres fanfreluches pour refaire de sa robe de bal une djellaba ordinaire qu'il s'apprêtait à rendre à Ahmed. Tout comme il avait suffi qu'on lui donne un nouveau et faux nom pour effacer aux yeux de tous sa judéité. Comme si être femme ou être juif ne tenait qu'à cela, une robe, un maquillage, un nom... Qu'était-il vraiment, lui ? Un jeune homme caméléon qu'on avait camouflé à l'âge de six ans sous un patronyme français dont il ne s'était jamais débarrassé. Un garçon au visage de fille que ses trois tantes maternantes habillaient parfois de leurs jupes et de leurs larges blouses lorsqu'il rentrait trempé sous la pluie chaude des orages d'été qui le surprenaient sur la plage voisine où il se rendait à vélo. Il se souvenait d'un jour – il devait avoir dix ou onze ans – où, ruisselant et glacé, il avait fondu dans les bras de Nana qui, inquiète de le voir ainsi grelotter et claquer des dents, l'avait déshabillé. Puis elle avait défait la grande jupe grise de travail qu'elle passait sur sa jupe de tous les jours et l'avait entortillé dedans en le berçant contre son ventre. Il était resté longtemps dans le vêtement de sa nourrice, rassuré par le contact doux du tissu usagé et par cette odeur de miel et de lait qu'il avait respirée bébé sur le corps de celle qui lui donnait son biberon en le calant contre sa vaste poitrine et lui fredonnait des berceuses dans un patois lointain et nostalgique. Ce jour-là d'orage carabiné et de froid jusqu'aux os, il s'était regardé dans la glace vêtu de la seule jupe de Nana et d'un châle qu'elle avait jeté sur ses épaules. Son image l'avait amusé, puis troublé. Sans doute était-il alors trop jeune pour avoir réfléchi sur ce que sont les apparences, mais, avait-il avoué à Ahmed, depuis lors il avait gardé une affection particulière pour les masques et les travestissements. Ainsi avait-il la passion des carnavals. Il gardait de celui de Narbonne où il était allé une fois dans l'imposante Peugeot de son grand-père Langefus un souvenir émerveillé. Les grosses têtes de carton peint défilant dans les rues sur des airs de musique à flonflons l'avaient effrayé et enchanté. Chez lui, l'émerveillement n'était jamais très loin de la peur. Lorsqu'il apprendrait par la suite que ces grosses têtes, dont celle de Carnaval lui-même, finissaient sur le bûcher dans le rire, la danse et l'ivresse, il se sentirait frustré de cette fin de fête dont, dans sa candeur, il n'avait pas soupçonné l'existence. Des années plus tard, il se rendrait à Valencia, en Espagne, avec Odile, pour y voir défiler et brûler ces géants de carton, Las Fallas, que la population fabrique douze mois durant à seule fin de les brûler dans la ville en délire comme on brûle ses fantasmes. Moins pour s'en débarrasser que pour les regarder en face et les exprimer au grand jour.

Ahmed lui fit cadeau de la djellaba rendue à sa simple vocation de vêtement masculin. Il lui en ramènerait d'autres, plus élaborées, mieux brodées. Odon entretiendrait toute sa vie avec cet habit une relation complexe et tendre. Elle serait son vêtement secret, son atour d'intimité.

Il faisait un de ces temps délicieux de printemps qui, dans les villes de la Méditerranée, garnissent les terrasses des bistrots et des bars largement étalés sur les trottoirs et sur les places. Un temps à rêvasser devant un café frappé parfumé à l'orange amère ou à l'orgeat.

Mai était à son apogée de mois des fleurs et des filles en fleur. A l'école, ceux qui passaient des diplômes planchaient sur leurs chevalets ou leurs tables à dessin. Les filles posaient nues sans qu'on ferme les fenêtres, et sur les hauteurs de la ville, au bout de l'Esplanade, les voyeurs avaient installé leurs pliants et sorti leurs jumelles matant comme des fous les corps enfin libérés des habits lourds de l'hiver. Charles Trenet chantait déjà depuis quelques années *Y a d'la joie*, et c'était vrai. Il y avait de la joie dans l'air.

Odon ne passant aucun examen savourait les premiers beaux jours assis en terrasse sur la place de la Comédie. Son carnet de croquis ouvert sur les genoux, il volait au passage des gestes et des silhouettes en quelques traits légers de crayon gras. A deux-trois tables de la sienne, il avait repéré le chapeau lumineux, beige coque d'œuf tirant sur le jaune, d'une élégante vêtue de blanc qui portait des gants de coton et de grandes lunettes de soleil. Il n'avait pas regardé son visage, fasciné qu'il était par l'allure de la femme, par ce chapeau qui ombrait son regard et par ces gants blancs qui dessinaient dans l'espace des figures semblables à celles des hirondelles volant au crépuscule.

Elle était accompagnée d'une femme très brune avec laquelle elle échangeait des propos qui, même à distance, ne semblaient pas frivoles. Ces deux-là parlaient boulot. Ce qui lui convenait tout à fait car, ainsi, elles ne prêtaient pas la moindre attention à leur entourage.

Odon avait déjà rempli plusieurs pages de son carnet, croquant tantôt une main gantée, tantôt un bout de nez – minuscule et charmant –, une épaule, l'arrondi d'une joue, une mèche blonde échappée d'un chignon, l'aile large d'un canotier…

Trop occupé à saisir le mouvement de cette femme qui n'est que mouvement, Odon n'a pas remarqué que la brune qui l'accompagne a surpris son manège. Et lorsqu'il voit enfin qu'il est découvert, plutôt que de dissimuler l'intérêt porté à la dame, il en rajoute. Se lève, fait mine de retirer une casquette invisible, se livre à une sorte de révérence cocasse, et finalement hausse les épaules, l'air contrit, les mains jointes. Il articule sans proférer un son : « Pardon, Pardon… » Mais il ne se sent en rien coupable d'indiscrétion. Pas de complexe. La brune éclate de rire. La blonde, elle, enlève ses lunettes et cligne légèrement des yeux. Puis, elle se lève et s'avance vers le jeune homme. Et ce n'est que lorsqu'elle est tout près, à moins d'un mètre, qu'il la voit vraiment.

Elle, elle l'a reconnu tout de suite, dès qu'elle a remarqué sa présence. C'est la raison pour laquelle elle s'est levée et est venue jusqu'à lui.

— Mon petit jeune homme si poli et gentil du théâtre de Nîmes serait-il devenu un mécréant ? Je suis sûre que vous m'avez oubliée… Ah ! nous les femmes, c'est notre sort…

Devant son silence ahuri, elle est prise de doute. Se serait-elle trompée ? Aurait-elle confondu le charmant jeune Odon – en réalité, elle se souvenait de lui sous le nom d'Authon, qui est le village de sa mère – avec un garçon ayant ses traits et son allure ? Oui, celui-ci est tout à fait identique à l'autre. A part la barbe naissante qu'elle trouve un peu ridicule et ce pli dur au coin de la bouche. En un an, un jeune homme peut-il devenir un homme mûr ? Il lui semble moins angélique que la première fois. Oui, car elle ne doute pas vraiment. Elle sait que c'est cet Odon qui lui a chamboulé le cœur il y a un an déjà. Ce garçon a le visage, le corps, la blondeur, la douceur – désormais moins apparente – des amoureux de sa jeunesse. Les seuls qu'on n'oublie jamais même si on ne les aime plus depuis longtemps. Parce que c'est sa jeunesse qu'on aime à travers eux. C'est ce moi perdu de l'adolescence qu'on traque dans leurs yeux.

Odon a mis un certain temps à se ressaisir. Dès qu'elle

s'est approchée de lui, il l'a reconnue à son tour. Plus belle que dans ses rêves éveillés, moins sensuelle que dans ses rêves endormis. Elle dont il n'a jamais douté qu'il la reverrait. Elle dont il veut ignorer qu'elle pourrait être sa mère. D'abord, il n'a pas eu de mère, ou si peu. Ou trop, c'est selon. Pas de mère. Trois mères. Une femme…

Il la regarde avec tant d'intensité que des larmes lui viennent aux yeux. Des larmes sans joie ni peine. Comme quand on fixe une lumière trop forte. Elle lui dit :

– Vous vous souvenez ? Odile Délie. Et vous, c'est Authon ?

Il rectifie, parce que finalement c'est ce qui est le plus simple à dire quand on a perdu la parole, quand on est paralysé, ébloui.

– Odon, Odon Laplaine.

Elle rit aux éclats.

– Moi, je vous appellerai Authon. Authon Laplaine, c'est un beau nom. Qui existe déjà. Un jour, je vous raconterai.

Elle est sûre qu'il y aura un autre jour avec lui. D'autres jours, nombreux. Elle ignore pourquoi, mais elle sait. Dans ces moments-là, elle se sent sorcière.

Il ne lui a pas demandé pourquoi elle était là. Elle ne lui a pas parlé de son travail. Elle lui a présenté la femme qui l'accompagnait : « Carmela, ma coloriste. » En revanche, elle lui a pris des mains, avec douceur et fermeté, le carnet de croquis qu'elle a feuilleté très lentement, avec intérêt. En le lui rendant, elle lui a dit :

– Tu fais les Beaux-Arts ?

C'était la première fois qu'elle le tutoyait.

Il lui a raconté l'inscription en droit, la désertion des cours, la rencontre d'Ahmed, les Beaux-Arts. Il n'éprouvait soudain plus aucune gêne. Et lorsque Carmela s'est éclipsée « pour faire une course », a-t-elle prétexté, en réalité parce qu'elle se sentait de trop, Odile a proposé de le retrouver ce soir. Où ça ? Ici même. Après, on verra. Elle disposait encore d'une heure avant son rendez-vous.

115

Ils la passeraient à se raconter des choses insignifiantes. Comme si les mots échangés n'avaient pas besoin d'avoir un sens, juste un son pour remplir l'espace, ou plus exactement pour le réduire. Les regards, eux, étaient autrement éloquents. Ils se regardaient avec cette fixité tendre ou du moins attentive avec laquelle on s'observe dans un miroir. Et, à les voir ainsi l'un près de l'autre dans ce soleil chaud de printemps, un observateur même peu attentif aurait remarqué qu'il n'y avait entre eux aucune frontière, qu'ils étaient de la même chair, de la même eau. Si semblables malgré les trente ans qui les séparaient, qu'ils avaient l'air d'être un seul et même être à des âges différents de sa vie.

8

« Des clones, vous aviez l'air de clones, assis l'un près de l'autre. Je n'ai pas osé vous déranger. Et, malgré cette étrange ressemblance, je n'ai jamais cru que vous étiez parents. » Ahmed les avait aperçus en terrasse, était passé vite. Le lendemain, lorsqu'il était venu frapper chez Odon pour lui emprunter des pigments bleus, il lui avait fait cette simple remarque. Odon n'avait rien répondu. Il n'avait pas même souri. Cette femme qui n'était pas encore sa maîtresse, qui le deviendrait dès leur rencontre suivante, rencontre convenue cette fois, cette femme, il ne voulait pas en parler. Non pas par timidité, ni par goût du mystère, ni même par souci de protéger son intimité. Il n'avait simplement pas de mots pour la dire, la décrire, la raconter. Entre elle et lui était née une relation qui échappait à toute définition. Le seul terme qui lui venait à l'esprit, et dont il pensait alors qu'il était le plus juste pour cerner cette attirance réciproque, était celui de rencontre. L'absence de connotation sexuelle, sensuelle et même amicale de ce mot lui semblait rendre compte du caractère particulier et énigmatique de la chose. Son chemin avait croisé par deux fois celui de cette femme, et pourtant il ne croyait pas au caractère fortuit de ce croise-ment. C'était écrit, se disait-il, après le moment passé ensemble à la terrasse du café Riche. C'était écrit, se répétait-il dans son appartement de la rue du Pilat-Saint-

Gély dans lequel il avait passé quatre heures – Dieu que c'est long quatre heures ! – à attendre le moment où il la retrouverait au Riche puis pour dîner dans un restaurant du vieux Montpellier que lui avait recommandé sa coloriste.

Il n'avait rien mangé ou presque. Elle, elle avait grignoté, et s'amusait un peu du manque d'appétit de cet Authon qu'elle aurait bien croqué, mais pas tout de suite. Il ne faut jamais brûler les étapes. Les assiettes repartaient à moitié pleines aux cuisines sous le regard vaguement inquiet d'un maître d'hôtel qui avait reconnu la belle blonde qui accompagnait le jeune homme. Elle faisait la une dans le *Midi libre* du jour. Il était passé vérifier à la réception. Oui, il ne se trompait pas, c'était bien elle. Plus belle encore au naturel qu'en photo. Moins froide. Odile Délie, la styliste, est venue présenter sa collection d'automne au théâtre de Montpellier... Il n'avait pas le temps d'en lire davantage. Les clients allaient s'impatienter dans la salle. Mais ce soir, il pourrait dire à Élise sa compagne qu'il avait servi une beauté, non, il dirait plutôt une célébrité, car Élise était du genre jaloux. Elle accepterait mieux une femme célèbre qu'une belle femme. Et tant pis pour elle si celle-ci était les deux.

Ils avaient bu du champagne, deux coupes chacun. Elle disait que le champagne lui faisait tourner la tête et lui donnait parfois la migraine. Lui, avait peur de perdre le contrôle. De quoi, de qui ? Il n'aurait pas pu le dire. D'autant moins qu'il savait parfaitement ne rien contrôler. Mais il avait besoin de faire semblant, de se donner un air de maîtrise. Il fallait à tout prix éviter la cuite qui, il le craignait plus que tout, le ferait s'effondrer en larmes sur la poitrine d'une Odile altière qui ne le lui pardonnerait pas. Il lui était arrivé une ou deux fois – peut-être plus, qui sait ? – de boire sec et de pleurer dans le giron d'une fille qu'il n'était même pas capable de reconnaître le lendemain. L'une d'elles était venue le relancer au bistrot, et avait raconté devant tout le monde la scène des pleurs. Il l'aurait volontiers giflée, non pas qu'il doutât de la véracité de ses dires, mais bien au contraire, parce qu'il savait qu'elle disait vrai et qu'il n'aimait pas ça. Mais vraiment pas.

Il avait peur de cette sensibilité qu'il ignorait. Sur qui pleurait-il lorsqu'il était ivre? Quelles peines enfouies ressortaient soudain sous l'alcool?

Donc, surtout devant Odile, ne pas boire, ou très peu. Deux coupes de champagne. Parfait.

Elle lui avait raconté dans le détail Authon-la-Plaine, ce village beauceron de sa mère où elle ne retournait jamais mais dont elle voulait croire qu'il était le lieu de ses racines. Pour elle, s'il était d'accord, il serait Authon. Un homme d'avenir pour lui rappeler le passé. Pourtant, elle ne lui avait pas parlé d'avenir, n'avait formé aucun projet proche. Elle regagnait Paris le lendemain matin, très tôt. Il ne leur restait que cette soirée, qu'elle n'avait proposé de prolonger ni chez lui ni à son hôtel, mais au bord de la mer.

– La nuit sera délicieuse sous les étoiles et dans le bruit assourdi des vagues, avait-elle dit. Et puis, rien n'égale les couleurs de l'aube sur la mer. Le luxe d'une nuit blanche...

Elle avait demandé un taxi au maître d'hôtel. Jamais Odon n'avait imaginé que l'on pût ainsi claquer dans ses doigts et, à minuit passé, prendre un taxi pour aller à la plage.

Elle avait retenu le chauffeur et la voiture jusqu'à cinq heures du matin, pour ne pas rater le lever du jour. Et ils avaient filé dans la nuit sur des routes étroites bordées de roseaux. Le fond de l'air sentait la vase et la marée. Puis lorsqu'ils sont arrivés à la côte, juste au pied des dunes de Carnon, elle a demandé au taxi de les attendre. Ils allaient marcher sur la plage.

Elle avait ôté ses chaussures et avançait à grands pas dans le sable froid. Lui hésitait un peu. Il n'était ni chaussé ni habillé pour l'aventure. Il avait fait un effort ce soir et avait sorti son costume Langefus de la meilleure coupe et des chaussures anglaises, cadeau de sa grand-mère. Elle les lui avait offertes en lui faisant remarquer qu'elles valaient un prix fou. Mais il s'était laissé convaincre. Odile avait grimpé au sommet d'une dune empanachée de tamaris, et sa silhouette aérienne se découpait sur le ciel d'un bleu sombre, semblable à une de ces gravures de mode que l'on voyait dans les magazines et qui, souvent, étaient de sa main.

Il s'était senti un peu ridicule en ôtant ses chaussettes. Mais elle n'avait rien vu. Elle avançait de son pas léger et dansant, balançant à bout de bras ses escarpins dont le talon en métal argenté brillait à la lumière pâle de la lune. Ainsi vue à deux ou trois mètres, elle avait perdu toute matérialité. Elle était comme une apparition. Odon avait couru vers elle, n'osant même pas la frôler, pris dans le charme étrange de la mer, de la nuit et de cette femme qui ne ressemblait à personne. Car là, comme déliée de tout rôle social, n'étant tenue à rien d'autre qu'à être bien, voire heureuse, en tout cas détendue, elle ne lui ressemblait même plus. Pétri d'appréhension, il ne parvenait pas, en cette nuit indéfinissable, à se sentir autre chose qu'un gamin de dix-huit ans confronté à la vie, à sa vie, et donc à sa mort.

Elle avait peu parlé. Elle marchait pieds nus sur le sable mouillé où de temps à autre venait mourir, dans un remous crémeux, une vague inattendue sur le calme de la mer. Odon l'avait rejointe et, peut-être parce qu'il supportait moins bien qu'elle le silence, il lui parlait. Non pas de lui, de sa famille, de ses origines, comme il le faisait parfois avec Ahmed, mais de ce qu'il aimait : saisir le mouvement d'un corps, la ligne furtive d'une perspective, le miroitement éphémère d'un regard. Elle l'écoutait, attentive, sans nul doute comblée d'avoir trouvé en ce jeune homme tombé du ciel un interlocuteur digne d'elle.

Il ne comprendrait qu'après, lorsque leurs rendez-vous se multiplieraient, la raison qui avait poussé Odile à lui livrer, comme un drôle de secret, son amour démesuré des fleurs.

Il ignorait tout d'Odile, sauf des potins qu'il avait glanés de-ci de-là dans les magazines. Ses collections, ses boutiques dans le Midi, et même cette boutique américaine de la côte Est, à Newport exactement, où l'on s'arrachait à prix d'or les quelques modèles qu'elle avait consenti à exporter. Il se souvenait de cette information lue, il y a peu, dans un de ces numéros de *Paris Match* qu'il dérobait à Mélanie pour en arracher les pages dont il bourrait ses chaussures détrempées. La voir sur papier glacé ne l'avait pas ému. Son Odile, celle qui alors habitait seulement ses rêves, n'avait que peu de rapport avec cette femme aux allures guindées qui plastronnait comme une star. A ce moment-là, il attendait de la retrouver. Et, maintenant qu'elle était là, toute proche et pourtant presque irréelle sur cette plage déserte où tout à l'heure se lèverait le soleil dans une gloire de lumière rose, orange, verte, bleue et jaune d'or, maintenant, il se sentait défait.

L'idée de la perdre pour un temps indéterminé, et cette réalité toute bête qu'il éprouvait là dans l'instant et qui lui faisait honte – je n'ai pas été à la hauteur, elle doit être déçue –, tout cela le bouleversait. Il n'aimait pas les séparations, même s'il ne gardait aucun souvenir réel de celle avec ses parents. Mais de cette disparition de son père et de sa mère, de ce qu'il nommerait un jour leur défaillance, de cela, il ne guérirait jamais.

Le retour en taxi avait été lugubre. Ils se taisaient de conserve, et leur silence était tel qu'il surprenait le chauffeur dont le regard jouait sans cesse avec le rétroviseur, exprimant plus de crainte que de curiosité. Ils n'avaient pas pris le café dans le premier bistrot qui s'ouvrait sur le port. Elle avait juste fait arrêter la voiture devant une façade que recouvrait un rosier grimpant jaune. Elle avait cueilli une seule fleur, presque sans tige, et l'avait donnée à Odon.

— Pour toi, une fleur qui aurait pu pousser dans mon jardin.

De tout le temps de leur longue promenade, des pauses qu'ils avaient faites assis au creux des dunes, ils ne s'étaient pas touchés. Dans la voiture non plus. Et, au moment de le déposer devant chez lui, Odile s'était penchée et avait effleuré sa bouche puis son front. Mystérieux baiser ni maternel, ni amical, ni amoureux. L'essentiel n'était pas dans son acte mais dans ses propos.

— Je reviens dans trois semaines. Je te laisserai un message chez toi pour t'avertir. Je sais ton adresse désormais.

Puis, en souriant :

— Va, tu ne m'échapperas pas.

Ce n'est que le lendemain, lorsqu'elle aurait déjà regagné Paris, qu'il prendrait la mesure de l'histoire dans laquelle il venait d'entrer et dont Odile et lui avaient à peine écrit le prologue.

9

Les jours qui suivirent sa chaste nuit avec Odile, Odon passait sans transition d'un état d'exaltation extrême à un état d'abattement absolu. Pas de juste milieu. Cette oscillation permanente entre deux pôles aussi opposés l'épuisait, et pourtant il avait du mal à dormir. Il occupait ses nuits à tourner comme un lion en cage dans une ville de Montpellier qui, soudain, était devenue trop étroite pour sa passion. Il enfilait dans le plus parfait désordre des activités diverses qui toujours le laissaient insatisfait. Les séances de cinéma étaient ses seuls moments réels de repos. Bercé par le bruit des voix et le scintillement des images, il lui arrivait souvent de s'y endormir sans même s'en apercevoir. Il se rendait à toutes sortes de soirées qu'il arrosait plus que de raison, et se réveillait au petit matin dans des bras féminins inconnus qu'il dénouait avec hâte, ne voulant garder aucun souvenir de ces étreintes qui relevaient plus de la fringale ou de la rage que de la volupté. Un matin, il s'était même retrouvé dormant près d'un garçon qu'il crut voir pour la première fois. Que s'était-il passé entre eux ? Il l'ignorait. N'ayant jamais éprouvé le moindre penchant pour les hommes, cette présence l'avait plus étonné qu'effrayé. Il apprendrait ensuite par son pensionnaire inattendu qu'il était bien trop bourré pour monter les étages. Ahmed et lui l'avaient porté sur leur dos et l'avaient jeté sur le lit.

Ahmed avait regagné sa chambre en joyeuse compagnie, et l'autre, fatigué par tous ces efforts et peu motivé à l'idée de parcourir les quelque dix kilomètres qui le séparaient de sa chambre, s'était couché à son tour à ses côtés. Pas de quoi fouetter un chat !

Il avait demandé à José – c'est ainsi que s'était présenté son hôte – si, en dormant, il avait parlé. Et l'autre, que la question surprenait, lui avait répondu :

– Mais il aurait fallu que tu dormes vraiment pour ça. Toi, mon vieux, tu étais dans le coma. Bourré, mais bourré. Ivre mort. C'est ce que tu cherchais, non ? T'as des trucs à oublier ?

Odon n'avait rien dit, avait fait du café et par son silence avait signifié à José qu'aujourd'hui était un autre jour et qu'il ne lui restait plus qu'à filer. Au revoir et merci.

Dès lors, Odon avait décidé de se reprendre. Il n'était pas question de se laisser couler alors même que se préparaient des événements qu'il savait extraordinaires. Des retrouvailles… Il n'osait même pas les rêver.

Il y avait déjà deux semaines qu'Odile était rentrée à Paris, le beau temps persistait et la rage qui s'était emparée de lui au lendemain de son départ s'estompait, laissant place à une forme de mélancolie plus conforme à son caractère. Odon avait retrouvé ses crayons et ses fusains et était reparti à la chasse aux images. Il affectionnait particulièrement les jardins près de l'Esplanade dont les bancs se remplissaient, jusqu'à dix-sept heures, de mères et de nourrices avec poussettes et landaus, puis de petits amoureux qui, cartable sous le bras, fuyaient les lycées et collèges proches pour échanger à la sauvette des baisers de grands.

Ahmed avait presque terminé son année universitaire, ses résultats étaient satisfaisants. Il passait sans problème en troisième année. Dans quelques jours, il partirait pour l'Espagne. Il avait gagné une bourse de deux mois décernée par les Beaux-Arts de Madrid, pour aller peindre dans les villes de son choix. Il avait droit à trois lieux. Il avait choisi Tolède à cause du Greco, Grenade, à cause des jardins du Generalife, et Salamanque à cause de ses pierres d'or mat. Il se réjouissait de découvrir « ce pays intermédiaire ». Intrigué, Odon lui avait demandé ce qu'il entendait par là. Ahmed lui avait presque donné une conférence :

– Un pays entre la France et la Tunisie. Où il fait plus chaud qu'en France et moins chaud qu'en Tunisie. Un pays où, pendant sept siècles, ont vécu les Arabes. Tu vois ? Je devrais m'y sentir entre chez toi et chez moi. Un pays intermédiaire, j'te dis. Et aussi un pays en Technicolor.

La peinture était son fort. Il avait un sens inné, profond, des couleurs qu'Odon lui enviait.

– Moi, je ne vois qu'en noir et blanc, disait-il lorsque son ami lui soumettait quelques esquisses à l'aquarelle.

Et c'était vrai.

Odon est partagé entre la joie de retrouver Odile dans moins de sept jours, de la retrouver seule – du moins l'espère-t-il, mais avec elle, il faut s'attendre à des surprises –, et l'inquiétude que lui cause le départ d'Ahmed, son ami, son confident, son frère, qui, mine de rien, lui donne du courage. Sans lui, il se sentira perdu. Il ne croit pas être de taille à affronter cette femme. Et pourtant, il ne souhaite que ça. Pas seulement pour un bref moment, un jour ou deux dans la parenthèse d'un temps suspendu, mais pour une vie tout entière.

Il a beau se dire qu'il n'a que dix-neuf ans – enfin même pas, dans trois mois –, qu'elle en a trente de plus, il n'arrive plus à imaginer l'avenir sans elle. Il ne sait pas vraiment le rôle qu'il pourra jouer à son côté. Amant ? Sans doute, mais ce ne sera pas l'essentiel. S'il veut que ça dure, il faudra inventer plus. Fils adoptif ? Sûrement pas. Il a tout ce qu'il faut à Nîmes. L'idée qu'on puisse les regarder un jour en pensant qu'il est

le fils, et elle la mère, le hérisse. Il en hurlerait de colère.
Et pourtant, comment éviter ce piège ? Aujourd'hui, déjà,
il a l'air d'un enfant auprès d'elle, dans quelques années
ce sera pire. Il ne la rattrapera jamais dans cette course
effrénée des ans. Il faudra donc inventer autre chose. Ils
travailleront ensemble, c'est cela. Oui, ils créeront
ensemble. Bien sûr, là encore, elle a une belle marge
d'avance. Elle est au sommet de sa carrière. « La reine de
la mode », c'est ainsi que titre *Jours de France* de la
semaine dont elle fait la une. Non, il ne s'est pas mis à
lire tous les magazines féminins pour la chercher. Mais
dès que son image est quelque part, il la trouve. Le
regard de cette femme l'aimante, même quand il est sur
papier glacé.

Pour travailler avec elle, il doit faire encore un très
long chemin. Les Beaux-Arts pour commencer. Il sait
qu'il est assez doué pour réussir. Il faut simplement qu'il
choisisse bien sa voie. Il se sent plus attiré par la décoration que par la peinture ou la sculpture. Il voit les lignes,
les mouvements, les perspectives… S'il commence les
cours sérieusement l'année prochaine, il en a pour trois
ou quatre ans. Trois ou quatre ans à Montpellier alors
qu'elle est à Paris. En aura-t-il le courage ? Acceptera-
t-elle de l'attendre ? Mais qui lui dit qu'elle l'attend ?
Dans le fond, il ne sait rien de ce qu'elle désire. Trois
ans, c'est long dans la vie d'une femme de quarante-
huit ans… Le chiffre – quarante-huit – le bouleverse plus
qu'il ne l'aurait imaginé. Il a toujours pensé « trente ans
de plus que moi », jamais il n'a fait le calcul. Mais il ne
va tout de même pas se laisser impressionner par des
mots qui, agencés autrement, ne lui font ni froid ni
chaud.

Il pourrait peut-être faire les deux dernières années à
Paris. Il sait que sa grand-mère refusera. Quand il aura
vingt et un ans, il fera ce qui lui plaît. Donc encore
deux ans et trois mois à attendre.

Jamais il n'a envisagé de vivre dans son ombre à elle. Encore moins à ses crochets. Il n'a pas l'âme d'un gigolo. Et puis, il n'a aucun problème d'argent. Ses parents lui ont laissé de quoi bien vivre. Pour la première fois de sa vie, il se dit qu'il doit être plus facile d'être une fille qu'un garçon. Une fille de dix-huit ans peut épouser sans faire hurler personne un homme de trente ans son aîné. On dit que c'est normal, parce que si elle lui offre la primeur de sa jeunesse, lui, il lui donne en retour sa force tranquille, son charme. Les hommes qui vieillissent sont séduisants... Il n'en est pas si sûr. Il en connaît qui..., mais là n'est pas le problème. Vivre avec Odile, c'est accepter d'être mis au ban d'une certaine société. C'est accepter les commentaires graveleux, les regards moqueurs. C'est se dire qu'on n'aura pas d'enfant... A cela non plus il n'a pas pensé auparavant.

Il n'y a jamais eu d'enfants dans sa vie. Lui-même n'a pas eu le loisir nécessaire pour en être tout à fait un. Il lui a fallu se cacher, dissimuler à l'âge où l'on traîne ses culottes dans la rue. Être un autre. Il n'a ni cousin ni cousine, pas de frère ni de sœur, évidemment. Il n'a vécu qu'avec des adultes, et, en classe, avec des gens de son âge. A l'école, on n'a pas le droit d'être un enfant. Il est normal qu'il n'ait pas pensé à procréer.

Rien ne lui dit qu'Odile n'a pas été mère en d'autres temps. Il n'a jamais rien lu de tel, nulle part. Mais son regard sur elle est si peu filial qu'il ne peut l'imaginer ni enceinte, ni donnant un biberon, ni prenant un bébé dans ses bras. Il conclut dans sa tête : elle avait d'autres chats à fouetter.

Soudain, il se sent soulagé. *Exit* les problèmes d'enfant. Reste qu'il va falloir être plein d'imagination pour avancer à deux au même pas avec au départ un tel handicap. Un vers du poète Antonio Machado qu'il affectionne particulièrement lui traverse l'esprit :

> Marcheur, il n'y a pas de chemin,
> ce sont tes traces et rien de plus
> Marcheur, il n'y a pas de chemin,
> ton chemin tu le fais en marchant.

C'est ça, c'est exactement ça. Il fera un chemin qu'il découvrira en marchant. Non. Ils feront un chemin qu'ils découvriront en marchant. Penser au pluriel le fait sourire.

Trois jours plus tard, une lettre arrivait par la poste. Odile annonçait qu'elle serait là dès le vendredi soir — une demi-journée plus tôt que prévu. Elle l'attendait à son hôtel dont suivaient les coordonnées. Vers vingt et une heures. Elle ne précisait aucune date de retour. Odon en fut ému et content

10

Longtemps il se contenterait de dire que cette troisième rencontre avec Odile avait été merveilleuse. Simplement merveilleuse. Ahmed avait quitté Montpellier la veille pour Salamanque *via* Madrid. Il était sûrement le seul à qui il aurait pu ouvrir son cœur. Mais il était trop loin, et à son retour tant de choses s'étaient passées qu'il ne pouvait ou ne voulait pas entrer dans le détail d'un récit qui, désormais, lui aurait semblé réducteur, voire obsolète. Restait ce sentiment de « merveilleux » qu'il fallait comprendre au sens ancien du terme, autrement dit comme n'appartenant pas tout à fait au réel et pas complètement au rêve. Il avait placé Odile dans cette zone particulière entre ciel et terre que certains chrétiens imaginent être la demeure des anges. Et d'ailleurs Odile était un ange, une magicienne, un être qui échappait aux contingences du temps et de la société. Elle s'était construit un monde à elle dans lequel il avait été appelé, élu. C'est cela, il était l'élu.

Les quatre jours qu'ils avaient passés ensemble, à l'hôtel, dans les rues d'une ville caniculaire qu'avaient désertée les étudiants, où il faisait bon flâner le soir dans l'odeur chaude des platanes de l'Esplanade et celle, plus subtile, des tilleuls du jardin botanique ou sur la plage, la nuit, lorsque le sable devient blanc sous la lune…, étaient indescriptibles.

On ne raconte pas les gestes de l'amour, de la tendresse, de la passion, on ne dit pas la densité des silences, des murmures, des cris. Seuls les traités d'anatomie et autres ouvrages de médecine peuvent objectivement mesurer les battements d'un cœur, la sensibilité d'une peau, l'intensité d'une jouissance, le mécanisme d'un frisson. Il n'y a pas de description possible de l'amour parce qu'il n'y a pas de recette de l'amour. Parce que l'amour échappe aux lois de l'arithmétique. Il se rappelait cette phrase que Mélanie lui répétait lorsque, enfant, il était pris de jalousie en voyant sa « tante » préférée, sa presque mère, accorder attention et affection à un autre que lui. Elle lui disait alors : « Tu apprendras, mon grand, que l'amour se partage sans se diviser. Au contraire, il se multiplie. » Il avait beau savoir compter et n'être pas tout à fait nul en mathématiques, il ne comprenait rien à ce discours. Si on partageait un bonbon entre deux enfants, chacun n'en avait qu'une moitié, non ? Et lui voulait bien se suffire d'une moitié de bonbon, mais pas d'une moitié d'amour de Mélanie. Enfin, puisqu'elle lui assurait qu'un amour divisé en deux faisait deux amours entiers et pas deux moitiés…

Dans les bras d'Odile, il avait enfin compris ce que Mélanie tentait de lui faire comprendre. Quand l'amour est absolu, il échappe aux chiffres et mots. En bref, on ne le raconte pas à moins de le réduire, d'en donner l'épiderme, l'apparence, d'en oublier la densité, la profondeur.

En revanche, il avait essayé de le dessiner. Non pas de faire des portraits d'Odile. Ces choses-là étaient encore bonnes du temps de leur deuxième rencontre, lorsqu'il ne savait pas que cette femme qui avait capté son regard et aimanté ses crayons n'était pas seulement une élégante mais la femme de sa vie. Il n'avait pas non plus fait des nus d'Odile. La ligne de son corps harmonieux qu'il connaissait par cœur du bout des doigts et des lèvres était sans nul doute parfaite, mais ne rendrait pas compte de l'émotion qui l'étreignait quand il en découvrait les courbes et les aplats. Découverte infinie, que ne peuvent distraire ni l'éloignement ni l'absence. Avec ses crayons à la mine de plomb, il voulait faire œuvre de musicien. Composer une partition de signes jamais tracés pour dire dans un silence noir et blanc le vertige de sa passion. Il avait acheté exprès un carnet de croquis, qui fut suivi de bien d'autres, et qui était une manière de journal intime. Il tarderait des années à montrer ce premier carnet à Ahmed. Il le ferait pourtant, non pas pour éclairer les débuts de son histoire avec Odile, mais parce que son vieil ami, désormais peintre reconnu, cherchait une écriture picturale susceptible de dialoguer avec des notes de musique et des calligrammes pour son tableau intitulé *Langages*.

Odon avait fouillé dans des tiroirs et sorti ce carnet jauni qui affichait une date en couverture : juillet 1955. Vingt ans déjà ! Et là, sous le regard émerveillé de son ami, il avait tourné lentement les pages, redécouvrant avec lui la délicatesse d'une cheville, l'arrondi d'une épaule et celui d'une fesse, le duvet d'une nuque dont on perçoit la moiteur, les veines d'un poignet, le lobe humide d'une oreille, l'esquisse d'un sexe de femme dans l'ombre d'une cuisse pudiquement rabattue, le modelé d'un nombril creusé comme un coquillage... Aucun des dessins n'excédait dix centimètres. Certains avaient la taille d'un timbre-poste. Tous étaient d'une émouvante beauté. D'une parfaite pudeur. Ils étaient comme des mots d'amour dans un poème murmuré.

Odon n'avait pas émis le moindre commentaire. Ahmed, lui, s'était contenté de lui dire :

– En tant que peintre, je n'ai pas appris grand-chose. En tant qu'homme, je suis bouleversé. Ce langage-là n'appartient qu'à toi. Il me reste à inventer le mien...

Après ce temps merveilleux, Odon avait fait son retour au réel, c'est-à-dire à la vie sans Odile, avec une lenteur de somnambule. Il avait prolongé la magie de ces quelques jours avec ses crayons. Puis il lui avait fallu retourner à Nîmes pour l'été. Il avait tardé plus d'une semaine avant de dire à Mélanie, qui le savait déjà, qu'il était amoureux. Elle lui avait répondu qu'elle en était heureuse, mais qu'il fallait se méfier, il était bien trop jeune pour s'engager dans des fiançailles qui, forcément, seraient interminables. Elle avait ajouté en guise de résumé-conclusion :

— C'est bien, mon grand, mais tu as le temps.

Il avait failli lui dire : moi, peut-être, mais elle pas. Mais il aurait fallu avouer son âge et entrer dans une longue, longue discussion. Et de cela il ne voulait pas. Alors, il avait fui le débat, donné deux ou trois indications sur celle qui était devenue « la jeune fille », expression qui, dans le fond, le faisait sourire. Il imaginait la tête de sa chère Mélanie découvrant l'identité de la promise que bien sûr elle connaissait parce qu'elle était célèbre et aussi parce qu'elles appartenaient toutes deux, à des degrés divers, au monde de la couture et de la mode…

— Elle est blonde, grande, mince, très belle. Elle travaille comme toi dans la couture. A Paris.

Utile de dire « à Paris » pour justifier le voyage qu'il allait faire le mois suivant – le 9 août, jour de la Saint-Amour, avait précisé Odile, s'amusant de la date qu'elle avait choisie en fonction de son emploi du temps et non pour une quelconque valeur symbolique. Odile n'était pas femme à s'attacher aux symboles.

Mélanie avait été soulagée d'apprendre que la belle vivait loin de son cher petit et ne pourrait ainsi pas perturber le déroulement de ses études, ni précipiter un mariage bien prématuré.

— La distance, lui avait-elle chuchoté en lui caressant la joue, c'est bon pour le cœur.

A sa grand-mère, il s'était contenté de dire qu'il partait quelques jours chez des amis parisiens qui avaient un château en lointaine banlieue. Grand-mère Langefus était sensible aux châteaux. Son petit-fils avait donc des relations. A Ursule et Nana, Mélanie donna une version expurgée de l'histoire d'amour. Il a des copains et aussi une copine à Paris. C'est normal à son âge. Les deux avaient acquiescé. Oui, c'est normal.

Il était convenu qu'ils ne s'écriraient pas : à quoi bon ? Rien de ce qu'ils avaient envie de se dire ne pouvait s'exprimer dans des lettres.

— Je ne suis pas très épistolière, lui avait-elle avoué. Il va donc falloir réduire l'espace qui nous sépare et qu'aucune lettre ne peut combler.

Il viendrait donc au château où elle passerait une quinzaine de jours de semi-vacances. Elle travaillerait aux dessins de sa collection de l'été suivant.

— Je suis une professionnelle qui ne vit qu'au futur et une amante qui ne goûte que le présent. A toi d'en tirer les conséquences.

Jusqu'à sa majorité, leurs rencontres seraient toujours suspendues à des fils. Les rendez-vous de l'une, les contraintes matérielles de l'autre. Il finirait par donner des cours de dessin dans un atelier pour enfants afin de payer les billets de train et rejoindre Odile à qui, bien sûr, il ne voulait rien demander ni rien devoir.

A Nîmes, seule Mélanie se doutait de ses escapades. Cet enfant était vraiment plus attaché qu'elle ne le voulait. Elle priait le ciel pour qu'il ne commette pas une erreur. Mais il avait l'air si heureux lors de ses passages de plus en plus rares à la maison. Si heureux qu'elle lui avait dit :

— Tu as les yeux de quelqu'un qui a frôlé le ciel.

Il s'était retenu de lui répondre qu'Odile était un ange. Il l'avait embrassée très fort en se promettant de tout lui dire dès que possible... Plus tard.

TROISIÈME PARTIE

L'une et l'autre

1

Il pleut sur Paris. Une de ces pluies fines et insistantes qui ajoutent du gris au gris des trottoirs, des façades, des toitures de zinc, des nuages, de la Seine... Depuis deux ans qu'il habite Paris, Authon ne parvient pas à s'habituer à ce suintement silencieux du ciel. Il enrage, ne sait jamais emporter un parapluie à bon escient et finit par arriver trempé à ses rendez-vous de travail ou chez Odile qui se moque de ses allures de chien mouillé. Il ne parvient pas non plus à faire comme tout le monde, c'est-à-dire à prendre le métro, un bus, un taxi. Lui, il va à pied, parce qu'il est toujours allé à pied partout, il aime marcher et le métro sent mauvais.

« Il fait l'enfant du soleil », dit Odile, que ces extravagances charmantes font sourire. Dans le fond, elle aime bien consoler son jeune amant boudeur lorsqu'il rentre de l'une de ses équipées dans Paris, les chaussures crottées et le cheveu dégoulinant. Il n'en est que plus beau. Plus vulnérable et à la fois plus violent. Tel qu'elle l'avait découvert, il y a six ans, au théâtre de Nîmes, et retrouvé un an plus tard à la terrasse du café de Montpellier.

Paris a déçu Odon que personne n'appelle plus Odon et encore moins Simon depuis qu'il a quitté le Sud et surtout depuis que Mélanie est morte, un an auparavant, d'un arrêt cardiaque. Il a pleuré Mélanie dans les bras d'Odile. Laquelle n'a pas pu s'empêcher de penser qu'il

137

n'y avait pas deux places dans le cœur de celui qu'elle avait rebaptisé Authon. Il avait aimé Mélanie comme on aime une mère. Il l'aimait, elle, comme on aime une femme. Mais elles n'étaient pas compatibles. Jamais Mélanie n'avait accepté cette liaison, non pas par un retour soudain de sens moral, mais parce qu'elle avait compris qu'Odile, par son âge et sa position, prendrait toutes les places dans le cœur de ce cher et trop tendre enfant. Il ne lui restait plus à elle, Mélanie, qu'à disparaître. Elle était partie sans rancœur, mais avec tristesse. Après sa mort, Nana et Ursule avaient déserté la maison qu'elles partageaient. Nana, la plus âgée, était retournée en Bretagne profiter d'une retraite méritée. Ursule avait pris un appartement plus petit, plus facile à entretenir. Elle faisait encore quelques ménages, presque rien. Sa vie se rétrécissait. L'idée que « le petit » vive à Paris et qu'il soit décorateur la réconfortait malgré sa peine. Elle rendait de temps en temps visite à Mme Langefus, désormais veuve, qui avait vendu le magasin et l'atelier à des « jeunes » qui, disait-elle en soupirant, « ne voient pas la différence entre un beau tissu et un sac à pommes de terre ». Vu ce qu'ils exhibaient dans leurs vitrines, il semblait que leur goût allât plutôt vers le sac à pommes de terre.

Mélanie leur avait caché à toutes les amours folles de leur Odon. Elle avait gardé le secret et, pour le jeune homme, cela avait été un vrai soulagement.

Authon n'a plus de témoin de son passé familial pour regarder son présent d'un œil sceptique ou critique. Il est libre. Libre et totalement enchaîné à cette femme qui de jour en jour le fascine davantage.

— Vue en pointillé, elle était merveilleuse, au quotidien, elle est magique, a-t-il dit à son copain Ahmed qu'il retrouve de temps à autre à Paris.

Ahmed conserve un atelier dans le Sud, près de Montpellier, une magnanerie qu'il a aménagée. Il loue un petit appartement à Paris, et se rend assez souvent dans sa famille à Tunis. Leurs rencontres ont l'évidence de leur amitié. Cependant Authon préfère les déjeuners en tête à tête aux dîners dans des restaurants chic où Ahmed se rend toujours flanqué de femmes splendides et interchangeables, des « femmes pour le décor, et j'aime changer de décor », dit-il. Odile, qui parfois assiste à ces dîners, se montre d'une délicieuse cruauté à l'égard de ces belles aux allures de starlettes. Elle les regarde comme une styliste de haut vol regarde un modèle débutant, avec rigueur, sens critique, et en s'inquiétant davantage de la mise en valeur de la robe que de la beauté intrinsèque et si périssable de celle qui la porte.

Les jeunes femmes, elles, lui font volontiers les yeux doux. Lorsqu'on dîne avec la reine du Paris de la mode et qu'on veut devenir mannequin, il faut y mettre du sien, arrondir les angles, ne pas entendre les sarcasmes de la dame, et surtout, surtout, ne pas faire du gringue à son compagnon. Parce que ce jeune homme dont elle pourrait être la mère, le copain d'Ahmed, eh bien ce n'est pas son fils, non, c'est son compagnon ! Elles ricanent dans son dos, jamais devant elle, et se gardent bien de dévorer du regard le bel et inaccessible Authon.

Mais quand les deux vieux amis déjeunent ensemble dans un couscous près de l'Opéra, c'est leur coin préféré, ils se retrouvent comme avant. Ils ne sont bavards ni l'un ni l'autre. Peu enclins à se faire des confidences. Mais ils aiment parler de ce qui depuis toujours les réunit et les sépare : les couleurs de l'un, le noir et blanc de l'autre. Par des chemins différents, en apparence opposés, ils font le même parcours de défrichage. Ils avancent vers une même idée du beau. C'est aussi la démarche d'Odile, mais elle a quelques pas d'avance. Aussi fait-elle souvent partie de leur conversation. Non pas comme amoureuse et aimée, mais comme artiste, comme leur égale, l'expérience en plus. Parfois, tout de même, l'amour d'Odile ou pour Odile se glisse dans une phrase. Par exemple : « Vue en pointillé, elle était merveilleuse, au quotidien, elle est magique. » Mais aucun des deux hommes ne va plus loin. Ahmed a tout de suite su qu'Odile était la femme qu'Odon attendait. C'est pourquoi il l'a accueillie avec cette chaleur particulière des gens et des peuples qui cultivent l'art de l'hospitalité. Odile aime sa peinture et apprécie son amitié. C'est sur son conseil qu'ils partiront dans le désert tunisien, à Nefta.

Paris a déçu Odon, mais il sait qu'il ne quittera plus jamais cette ville, ou seulement pour aller au château. Quitter Paris, ce serait renoncer à Odile, et cela n'est même pas envisageable.

Le château, c'est autre chose. Il y pleut autant si ce n'est plus qu'à Paris. Ici, l'humidité descelle les pierres moussues des murs d'enceinte, elle ronge la peinture des lourds volets de bois, elle fait grincer les grilles en fer forgé de l'entrée qu'on passe sans cesse au minium. Et, lorsqu'il se glisse dans les draps, Authon a toujours l'impression que la bonne a oublié de les faire sécher. Ils sont humides, froids, délicieusement parfumés à la verveine…

Mais, malgré tous ces inconvénients, le château est plus qu'un lieu, c'est un monde. Le monde d'Odile. Elle a beau lui dire qu'elle n'est châtelaine que depuis peu, qu'elle n'est que la fille du jardinier et de la lingère élevée dans l'une des dépendances du domaine, il s'en moque. Dépendance ou pas, châtelaine de longue date ou pas, elle est ici vraiment chez elle. Elle semble être née de ce lieu. Tout, sur les murs, les sols, dans le jardin, tout raconte l'histoire d'Odile. Ici, Authon comprend pourquoi elle est devenue ce qu'elle est. Il sait désormais comment lui est venue la vocation du beau. Le cerisier parapluie lui dit son enfance protégée, le saule pleureur son besoin de solitude, les fleurs du jardin son amour pour son père, le linge de maison, les rideaux, la cuisine, les grands coussins du salon lui susurrent qu'ici vécut une fée qui ensoleillait le monde avec du cordonnet de soie et des aiguilles.

Odile lui a raconté peu de chose de son enfance. Seulement des moments, par bribes. Jamais dans la continuité d'une histoire reconstruite à des fins quasi romanesques. Elle pense qu'une vie ce n'est pas un roman, et réciproquement. Elle dit aussi que la mémoire est une dentelle avec de grands jours où passe la lumière. Il ne faut pas combler les jours, éteindre cette lumière dans laquelle se dissolvent les souvenirs superflus. Elle dit encore qu'il y a une beauté des trous de mémoire, ils sont à la vérité ce que le silence est à la musique. Elle dit, elle dit…, et Authon écoute, fasciné.

Lorsqu'il leur arrive de venir passer deux ou trois jours au château, surtout si elle est épuisée, que la collection n'est pas encore prête, qu'elle ne voit plus rien, s'engueule avec tout le monde, ils prennent la Nationale 20 et filent direction Étampes. Jusque-là, Odile est tendue, nerveuse, elle s'accroche si fort au siège que les articulations de ses doigts en blêmissent. Puis, dès qu'apparaît au loin, comme fendue par une hache de géant, la tour de Guinette couronnée de son éternel vol de corbeaux, sa tension se relâche. Ensuite, lorsque la voiture s'engage en douceur sur la route qui suit la Juine, elle se détend tout à fait. Elle ne s'agrippe plus, respire un grand coup. Elle est presque chez elle. Quelques kilomètres encore, et c'est là.

La première fois qu'il est venu au château, Authon a été impressionné par la majesté du lieu, la rigueur classique des parterres à la française cernés de buis nains, la fantaisie du parc adjacent qui joue à ressembler à un bois indompté, et par la grande grille en fer forgé noir et or devant laquelle ils s'étaient arrêtés. Odile n'avait pas sonné tout de suite. Comme si, pour pénétrer dans ce lieu, elle avait besoin de marquer une pause, de se délivrer du poids de sa vie parisienne. Odile est toujours entrée au château avec le recueillement que d'autres mettent à franchir le seuil d'une église. Pour elle, entrer au château, c'est faire comme Alice, traverser le miroir.

Lors de ce premier séjour, elle avait attendu plus de quarante-huit heures pour le conduire dans le coin du parc où reposaient les anciens maîtres et ses parents. La tombe de pierre grise que décorait une fine broderie de lichen orange et verdâtre était garnie de fleurs fraîches et d'une grande branche de verveine dont le parfum subtil avait bouleversé Authon. Les armoires à linge de Mélanie. Le parfum de la verveine dans les draps, les serviettes, les pyjamas. Il s'était recueilli devant cette tombe en pensant à la morte si chère qui reposait ailleurs. Plus tard, il saurait que toutes les tombes vous renvoient à votre propre deuil.

Au château, étrangement, Authon s'était tout de suite senti chez lui. Il appartenait à une lignée de gens sans terre ni toit qui, à un moment donné, avaient fait fortune, avaient acheté des pierres et des murs, et qui avaient disparu. A aucun instant il ne s'était senti de quelque part. Ici, tout avait une histoire et il n'était pas besoin de mots pour la deviner. Les murs avaient trois siècles. Certains meubles dataient de cette époque, les plus récents n'avaient pas moins de cent ans. Ici le temps ne se mesurait pas à l'aune d'une vie. Il était à la fois suspendu et infini. Ici Odile et lui étaient sans âge. Autrement dit, sans différence d'âge. Ici ils s'aimeraient sans penser ni au passé qu'ils n'avaient pas partagé, ni au présent qu'ils inventaient comme dans un rêve, et encore moins au futur qui s'accommode mal de la passion. Ils s'aimeraient hors des normes et du temps.

2

Le défilé de printemps a été un triomphe. Odile a présenté des modèles à la fois sobres et sophistiqués. Des robes longues aux lignes nettes, des jupes amples à la taille serrée, des vestes ajustées. Elle a choisi des tissus secs, qui ont de la tenue sans toutefois être raides. Il ne faut en aucun cas que ses modèles ressemblent à des armures comme ceux que Courrèges a montrés à la presse quelques jours après elle. Courrèges voit des femmes cosmonautes, des femmes du futur. Odile est féroce avec son confrère qu'elle salue au demeurant avec courtoisie lorsqu'il lui arrive de le croiser dans un des restaurants de la rue Marbeuf où se retrouvent comédiens, artistes, hommes politiques, couturiers, autrement dit le Tout-Paris du pouvoir et de l'élégance.

En général, Odile fuit ce genre de cantine. Elle préfère des lieux plus intimes où l'on est sûr de ne pas être obligé de serrer vingt-cinq mains avant de gagner sa place. Elle reproche à Courrèges et à quelques autres de ne pas aimer le corps féminin, de le caparaçonner de matière plastique, d'en faire un objet mort. Mais elle est assez séduite par son choix du noir et blanc. En réalité, c'est Authon qui est séduit et qui l'a convaincue. Il trouve intéressante l'idée de jouer sur le noir et le blanc pour modifier, voire détourner, les lignes de coupe d'un vêtement. Introduire une incrustation de tissu blanc, un cercle ou une forme géométrique arrondie sur le plastron d'une robe noire taillée princesse dans le droit-fil confère au vêtement une réelle originalité. La sévérité de la ligne princesse noire, contrariée par l'incrustation ronde et blanche, donne au modèle un grain inattendu de fantaisie. Mais il est d'accord avec elle, il faut conserver un rapport d'harmonie entre le corps et l'habit.

Il y avait beaucoup de noir dans sa collection. Un noir gai, comme elle aime le répéter. Un noir de fête qui se marie si bien avec du blanc mais aussi avec des couleurs franches – du bleu, du jaune, du rouge – ou plus nuancées – du beige, du gris perle, du vieux rose… La palette chromatique d'Odile rappelle celle des cordonnets de soie qu'utilisait sa brodeuse de mère.

Odile ne se satisfait jamais des compliments de ses clients ni de la presse, pourtant dithyrambique, elle sait toujours où sont ses faiblesses. Elle ne voit qu'elles. Surtout lorsqu'elle est épuisée. Jadis, avant Authon – cela lui semble si loin… –, elle filait au château avec un homme le plus souvent, n'importe lequel, enfin presque, un homme qui saurait détendre ses muscles et ses nerfs fatigués. Après quoi, elle renvoyait le sauveur qu'elle s'efforçait de ne plus croiser dans la vie, rentrait à Paris et reprenait le travail pour oublier, pour s'oublier. Parfois, elle partait faire un voyage, à New York, à Londres, à Rome. Elle s'était découvert une passion pour l'ocre des façades romaines qui s'enflamme au soleil couchant et pour les Italiens qui savent exprimer leur désir sans détour mais avec élégance. Elle avait alors le sentiment de vivre vite. De foncer dans la vie – dans le vide ? – pour s'éviter.

Désormais, lorsqu'elle ne travaille pas, elle prend son temps. Elle découvre la lenteur. Elle redécouvre le château et ce plaisir ancien de l'enfance, quand elle s'asseyait en tailleur sous le cerisier et jouait ou dessinait des heures durant sous le regard de Rose.

Jamais elle n'a osé le lui dire ; pourtant, dès le premier

jour de leur première rencontre, elle a pensé qu'Authon ressemblait à Rose. Il avait, il a toujours, ce je ne sais quoi dans le regard, entre bienveillance, inquiétude et tendresse qu'elle n'avait observé que dans les yeux bleu délavé de sa mère. Comme une vieille nostalgie ou une peine profonde qui ne fait plus souffrir mais qui demeure, telle une cicatrice. Authon et Rose étaient pour elle des êtres à la fois heureux et inconsolables. De vieilles âmes, disait Oriane Chanudet, la décoratrice et amie qui lui a mis le pied à l'étrier et qui n'est plus de ce monde depuis longtemps déjà.

Oriane aimait deviner les gens, non pas par curiosité, mais parce qu'elle prétendait que, si on arrivait à les connaître sans les interroger, on pouvait ensuite entretenir avec eux des relations exceptionnelles. Oriane affectionnait particulièrement ceux chez qui elle sentait affleurer le passé. Non pas leur passé. Mais « le » passé, celui de leurs multiples vies antérieures, de leur traversée des siècles. C'étaient eux les vieilles âmes, si riches d'expériences et d'existences oubliées.

Ce matin, Authon et Odile sont partis très tôt pour le château. Avec cette volupté de l'enfance qu'elle croyait à jamais morte, elle s'apprête à passer une semaine dans son paradis retrouvé. Authon est près d'elle. Il sait qu'il n'y a pas meilleur au monde. Au-delà des grilles et du mur d'enceinte, rien n'existe plus pour au moins sept jours. Sept jours pour réinventer l'univers. Même Dieu n'a pas fait mieux.

3

Odile et Authon sont assis dans la bibliothèque.
Une lumière douce, d'un jaune très pâle, pénètre par les
grandes portes-fenêtres qui ouvrent sur la terrasse à
balustres et, au-delà, sur le jardin. Ils s'affairent en silence
devant des esquisses qu'ils modifient au crayon noir. Ils
interviennent l'un après l'autre. Leurs mains dansent au-
dessus de la page qui peu à peu se noircit. Lorsqu'ils
considèrent qu'ils ne peuvent plus rien changer, ils
passent à une autre planche, sans proférer le moindre
mot. Ils sont installés côte à côte sur un canapé. Ils
sont courbés sur leurs dessins. Ils sont ensemble. Totalement ensemble et si concentrés que plus rien n'existe
pour eux.

Ahmed qu'ils ont invité à partager leur week-end les a
observés un long moment par la porte entrouverte. Ni par
curiosité ni par voyeurisme. Simplement parce que, ainsi
penchés sur la table basse où s'étalent les grandes feuilles
de papier Canson qu'ils crayonnent, ils sont beaux. De
cette beauté presque irréelle des hommes et des femmes
aux cheveux de lumière rousse sur les tableaux flamands
ou vénitiens. Il a observé leurs mains, leurs gestes harmonieux et précis, il s'est appesanti sur leurs nuques
étrangement jumelles. Il aurait aimé les peindre. Mais il
ne le fera pas. Pas tout de suite. Pas de manière réaliste.
Car ce spectacle qu'ils lui offrent sans le savoir est par-

146

faitement intime. C'est une de leurs nombreuses façons de faire l'amour.

Comment ont-ils commencé à travailler ainsi en mêlant leurs traits et leur inspiration ? Ahmed ne le sait pas exactement. Il se doute qu'il a fallu un certain temps pour abolir les barrières. Avant de rencontrer Authon, Odile a toujours dessiné seule, toujours imposé ses idées. Aux yeux de tous, elle est la patronne. Celle qui approuve ou rejette, celle qui, deux heures avant un défilé, peut faire découdre et recoudre un revers mal gansé ou raccourcir une jupe froncée pour mettre en valeur son bouillon. Sa réputation de femme exigeante demeure sans faille. Il en est même qui disent qu'Odile est une emmerdeuse. En tout cas une tatillonne peu attentive aux arguments d'autrui. Tous ceux qui, de près ou de loin, sont passés dans sa vie sont d'accord sur un point : on peut partager bien des choses avec Odile, mais pas son travail.

Puis Authon est arrivé... Il a partagé sa vie, son lit, pas sa chambre – Odile fait chambre à part : « A mon âge, dit-elle, il est des matins où l'on a des choses à cacher » –, sa passion, son amour. C'était déjà beaucoup. Tellement plus qu'avec quiconque. Et ce n'était pas fini. Mais il avait fallu attendre. Ni elle ni lui n'étaient tout à fait prêts.

Lui, il avait envie de voler de ses propres ailes. Au sortir des Beaux-Arts, il s'était lancé dans la décoration et la création de vitrines. Il avait démarché seul des magasins de mode et de luxe susceptibles d'avoir recours à ses services. Ce qu'il avait montré avait plu. Il s'était très vite acquis une jolie réputation. Il gagnait bien sa vie. Jamais il n'avait fait la moindre allusion à sa relation avec Odile devant l'un de ses clients. Les deux premières années de leur vie commune, ils étaient peu sortis ensemble dans les soirées chic, non par goût de la discrétion ou du secret mais parce qu'ils étaient plus enclins à se découvrir qu'à se montrer. On savait qu'Odile vivait

avec un jeune blond qui aurait pu être son fils. La connais-
sant, Ahmed pensait que c'était elle qui avait lancé la
rumeur, pour prendre les devants, par provocation, pour
que, lorsqu'on découvrirait leur couple, personne n'ait
cet air bête, moqueur ou mauvais que déclenche souvent
la surprise. Le jeune amant blond d'Odile n'avait pas de
visage et encore moins de nom. Aussi, le Tout-Paris
l'imaginait-il sous les traits de comédiens blonds et
célèbres du moment. Avec quelques années de moins,
Jean Marais aurait bien fait l'affaire, mais si séduisant
fût-il le « beau jeune homme » de Cocteau n'avait plus
l'âge…

Dans le même temps, un certain Simon Kaplein –
Authon ne se voulait Authon que pour Odile, pour le
monde du négoce, il avait repris le patronyme familial –
commençait à faire parler de lui dans l'univers frivole de
la déco.

Odile avait été fière de voir la percée de son amoureux.
Elle n'avait jamais douté de son talent, et n'était jamais
intervenue dans ses recherches. De son apprentissage
lointain, elle avait gardé, outre son amour des très jeunes
hommes, une fascination particulière pour le noir et le
blanc. Les frises et les grecques de ses premiers dessins
à l'encre de Chine, elle les avait retrouvées dans les
cartons d'Authon. Il avait exploité et détourné leur géo-
métrie sage pour sa première vitrine « mode de printemps » des Galeries Lafayette du boulevard Haussmann.
Alors l'idée était venue à Odile de les décliner elle aussi
dans sa nouvelle ligne « petit budget » automne qui
s'adressait aux adolescentes.

Et, de fil en aiguille – pourquoi se priver ici d'une
expression si bien appropriée ? –, ils avaient rassemblé
leurs croquis. Il avait fait une première suggestion sur
une planche d'Odile. Elle lui avait dit :

– Vas-y, dessine-le sinon je vais oublier.

D'abord, timidement, puis d'un trait ferme, il avait

apporté sa contribution. Puis, tout naturellement, il lui avait soumis ses propres travaux sur lesquels, à son tour, elle avait donné puis tracé son avis. Ils avaient été également étonnés de n'éprouver aucune frustration devant les critiques et les interventions de l'autre. Tout se passait comme si leurs œuvres étaient leurs enfants. Pas des enfants monoparentaux, des fruits de filles mères ou de pères célibataires, mais des enfants de l'amour nés de leurs corps épris.

La lumière a baissé dans la bibliothèque. Toujours silencieux, Authon et Odile repassent pour la troisième fois la même série de dessins. Ils ont allumé l'une des lampes du bureau et l'ont posée sur la table basse. Ils se penchent encore une fois sur la partie retravaillée. Leurs têtes se touchent presque, leurs cheveux se frôlent. Vus de dos ainsi dans le halo de lumière jaune, l'idée vient à Ahmed, qui a quitté sa chambre et sort faire une course à Étampes, qu'ils sont un seul et même être dans deux corps à peine séparés.

Parmi les œuvres qu'Ahmed a exposées quelques mois plus tard dans une galerie de Saint-Germain, l'une d'elles surtout retiendra la critique. Elle est intitulée *Union*. Elle représente deux corps fondus non pas dans une position érotique, mais dans une étrange fusion siamoise d'épaules, de hanches, de mains. « Deux amibes amoureuses », a écrit le critique d'art dans les pages du *Monde*. Dans *Le Figaro*, le journaliste parle, lui, de pièces arrondies de puzzle qui s'emboîtent et se fondent. Plusieurs clients ont voulu acquérir l'œuvre. Mais elle n'était pas à vendre. Authon et Odile l'ont reçue par porteur pour leurs anniversaires qu'ils célèbrent le même mois. Un petit mot non signé l'accompagnait : « Pour le même et l'autre. Pour vos quatre-vingt-dix ans. »

4

Le goût des fêtes célébrées au château leur était venu tard, après plusieurs années de vie commune. Long-temps, la vieille demeure de la vallée de la Juine était restée leur lieu secret où n'étaient conviés que quelques intimes pour un week-end ; on y conjuguait travail et repos. On pourrait croire que ce désir de partager avec autrui la beauté d'un lieu et les joies d'un bal sonnait le glas de ce temps béni des amours débutantes qui appliquent à la lettre l'adage selon lequel pour vivre heureux, il faut vivre caché. Mais il n'en était rien. Authon et Odile habitaient désormais à Paris cette solitude à deux qui leur était plus que nécessaire, naturelle. Ils avaient peu à peu éliminé les soirées prétendument obligatoires, les sorties dans des clubs chic, les dîners où l'on se barbe et où, par taquinerie, voire par méchanceté, leurs hôtes qu'agaçait leur couple trop épanoui se plaisaient à les placer à des tables différentes, place d'honneur à la droite d'une vieille célébrité pour elle, place plus modeste mais voisines affriolantes pour lui. Odile avait fini par concevoir quelque jalousie à l'égard de ces ravissantes aux décolletés plongeants qui frétillaient près de son amant, et se penchaient volontiers vers lui, offrant à son regard, dans un rucher de dentelles, leurs seins fermes et blancs. Elles disposaient de tout un repas pour tenter leur chance auprès de cet homme de leur âge. Sans doute s'estimaient-elles plus désirables que sa célèbre maîtresse.

Authon gardait cet air à la fois charmant et distant de celui qui, par courtoisie, fait mine d'être pure présence tout en ne cachant pas qu'il n'est que de passage ; que, dans sa tête, il est déjà très loin.

A quoi bon jouer sans cesse la comédie dans le jeu sophistiqué des salons parisiens ? A quoi bon perdre son temps avec des gens que l'on ne déteste pas voir une demi-heure mais qui, au-delà, vous ennuient ? C'est Odile qui avait posé ces questions la première. Odile aimait être première en tout, en enthousiasme comme en dénigrement. Mais comme il lui était impossible de se couper de cette société argentée dans laquelle elle recrutait bon nombre de ses clientes, mais aussi quelques mécènes et des soutiens de presse, il fallait trouver autre chose pour être là sans être tout le temps là.

« Il faut que nous arrivions à nous prêter sans nous donner », avait-elle conclu. Authon partageait son avis. Et c'est lui qui imagina le premier qu'on pourrait inviter au château. On inviterait qui on voudrait. De temps en temps, pas trop souvent, pour une soirée très festive, grandiose même. Puis, chacun chez soi. Il était hors de question que ces relations mondaines fussent conviées à dormir sur place. Seuls resteraient les quelques proches qui n'avaient pas vraiment leurs habitudes ici, mais à qui l'on avait attribué une chambre qu'ils retrouvaient de loin en loin.

Il fallait un prétexte pour démarrer la saison. Leur cinquième anniversaire de vie commune tombait à point nommé. Ils le célébreraient donc avec quelque quatre-vingts convives. Rien que du beau monde. Il faudrait d'abord, « avant toute chose » avait précisé Odile, faire bâtir un petit mur de séparation au fond du parc pour protéger les tombes. Il était hors de question qu'un fêtard quelconque pût aller cuver son vin au pied de la petite chapelle ou s'envoyer en l'air sur la pierre gravée qui protégeait ses morts.

Authon s'était occupé de l'orchestre, une petite formation qui jouait dans une cave de Saint-Germain et dont il connaissait le clarinettiste. Elle logerait à Étampes. La liste des invités fut longue à établir. Ils avaient dû éliminer un grand nombre de gens. Ce qui les obligeait pour ne fâcher personne à refaire une autre fête, ultérieurement.

Quand tout fut enfin prêt, Odile fut saisie de crainte. Des images lui revenaient des soirées données par la fille des anciens propriétaires. Elle se revoyait, adolescente, cachée dans les buissons, observant ces gens du meilleur monde passablement éméchés, et qui piétinaient sans les voir les corbeilles de fleurs que son père avait mis des mois et des mois à soigner. Aujourd'hui encore, lorsqu'elle y pensait, l'envie lui venait de cogner, de mordre, de griffer. Une envie d'enfant violente, de petite fille humiliée. Ne jamais oublier, se répétait-elle. Ne jamais oublier d'où l'on vient et le chemin que l'on a fait. Ne jamais croire qu'on est arrivé…

Plus amusant que l'organisation matérielle des festivités dont elle a abandonné une large part à sa secrétaire et à son traiteur parisien qui avait proposé de prendre en charge, outre les buffets, le service et le nettoyage – parfait ! –, plus émoustillant que la rédaction des cartons d'invitation, avait été le choix de la tenue de soirée. Comment s'habilleraient-ils ? Elle avait d'abord pensé porter en avant-première un des modèles de sa prochaine collection – une robe longue de crêpe Georgette blanc, buste ajusté, manches trois quarts amples, jupe froncée, serrée à la taille par une large ceinture du même tissu, le tout brodé d'un semis de fleurs de soie multicolores. Elle avait fait appel à une jeune brodeuse d'origine roumaine qui, à bien des égards, lui rappelait Rose, tant par sa discrétion que par son art de marier les fils. Elle avait essayé le modèle devant Authon. Il l'avait regardée longuement, lui avait dit combien il trouvait la robe et celle qui la portait sublimement belles, mais...

Il n'avait pas prononcé le « mais », cependant, Odile l'avait entendu. Elle avait d'abord eu une de ces réactions violentes qu'elle réservait en général à ses collaborateurs.

— Je suis trop vieille pour sortir en fille-printemps, c'est ça ? Mais dis-le, ne m'écrase pas sous le poids de compliments qui sont une véritable pierre tombale.

Mais non, ce n'était pas ça. Il n'avait même pas pris la peine de nier farouchement. Non, ce n'était pas ça. Point. C'était quoi alors ?

Une idée..., il avait une idée, qu'elle n'aimerait peut-être pas, mais qu'il allait tout de même lui soumettre.

— Je pense qu'il serait plus amusant, plus surprenant, si nous étions habillés pareil.

— Que je sois en smoking ou que tu sois en jupe ?

Le ton était acerbe, mais assez caustique. En tout cas, il ne fermait pas la discussion.

— Ni l'un ni l'autre. Enfin, pas vraiment...

— Explique-toi. Je t'écoute.

Il avait alors exposé son projet, ou du moins son rêve. Elle et lui en smoking. Lui smoking noir chemise blanche cravate blanche boutons noirs. Elle smoking blanc chemise noire cravate noire boutons blancs.

— Comme des dominos, avait-il conclu.

Odile avait d'abord ri. Quelle idée !... Puis elle lui avait fait remarquer combien il était obsédé par le noir et le blanc. Ça commençait à bien faire, non ? Finalement, elle avait accepté : c'était une belle idée. Mais pourquoi lui en noir et elle en blanc ?

— Parce que je suis des ciels et des soleils noirs de la Méditerranée et toi des ciels et des soleils blancs d'Ile-de-France.

Une telle remarque qui demandait quelques explications demeurerait, malgré tout, sans réplique.

De cette première fête au château, il reste plusieurs photos publiées dans la presse (*Point de vue-Images du monde*, *Paris Match*, *Jours de France*, *Vogue*…). Le château lui-même y est assez mal reproduit, on n'en voit que des morceaux, une porte, des fenêtres à meneaux, un pan de façade derrière la roseraie… Les intérieurs ont inspiré davantage les photographes qui ont joué avec les lustres à pendeloques, les tapisseries et les meubles anciens. On y reconnaît – seulement parce que leur nom est donné en légende – des actrices oubliées, des chanteurs du moment, des banquiers dont le patronyme est écrit sur des façades, un éditeur, quelques princesses de Suède ou de Norvège… Et parmi tout ce beau monde endimanché qui sourit à l'objectif, minces, beaux, irréels comme deux elfes, Odile et Authon étrangement semblables dans leurs vestes à revers de soie sourient à l'éternité. Ils ont aussi choisi de se coiffer de la même manière, cheveux courts et plats ramenés en arrière. Est-ce la qualité plutôt médiocre des clichés ? On a beau scruter les images à l'œil nu ou à l'aide d'une loupe, on ne parvient pas à distinguer lequel est la fille et lequel le garçon, lequel est l'aîné et lequel le cadet. Il est à noter cependant qu'aucun commentaire ne souligne cette similitude. Sans doute éblouis par les fastes d'une fête qui resterait dans les mémoires, les convives et les journalistes présents semblent n'avoir vu qu'un homme en noir et une femme en blanc.

5

Lorsqu'il lui arrive de raconter son passé à Authon – seulement quelques bribes, des moments, des images –, Odile en revient toujours à cette obsession qui ne l'a jamais quittée, qui la poursuit depuis l'enfance : réinventer le corps des femmes, leur apprendre que la beauté n'est pas seulement faite de canons, de modes, qu'elle est un rapport d'harmonie entre soi et soi, entre soi et le monde.

– Pour être bien dans sa peau, il faut s'aimer assez. S'aimer sans aveuglement. S'aimer avec santé.

Authon l'écoutait, fasciné par cette obstination qu'elle mettait en toutes choses et qui relevait plus du militantisme et de la foi que de ce sens du commerce qu'on saluait ordinairement chez elle.

Odile avait foi dans le corps humain – le sien, celui des femmes, d'Authon, des hommes – dont elle disait volontiers et sans le moindre humour qu'il est notre seul bien. Et, puisqu'on n'est plus là après lui et qu'il n'est plus là après nous, concluait-elle avec son implacable logique, on peut aussi dire qu'en un sens il est aussi éternel.

Sans doute avait-elle évolué depuis le temps de ses premiers modèles qui étaient ses œuvres publiques, mais aussi son journal intime. Elle avait créé des robes, des tailleurs, des accessoires qui parlaient à sa place. Ils racontaient le rêve d'une jeune fille modeste, désireuse de convertir à la beauté des femmes plus enclines à se cacher sous l'armure du tissu et des conventions qu'à revendiquer la courbe capricieuse de leur corps et celle, encore incertaine, de leur liberté. Désormais, elle avait gagné sur bien des plans. Ses folies de jeunesse avaient fait école. Ce pour quoi elle s'était battue – la simplicité des lignes, le choix des coloris, la qualité des matières, l'importance de la coupe, l'idée selon laquelle la décoration doit être une création et non un faire-valoir… – était quasiment devenu la règle. Restaient encore insensibles à ce vent de modernité quelques stylistes chichiteux qui habillaient leurs modèles comme des arbres de Noël, plus par manque d'imagination que par goût esthétique déclaré. Ils étaient l'arrière-garde.

Avec les ans, Odile avait affiné son discours, elle avait cherché et trouvé ailleurs des exemples pour illustrer sa pensée. Elle ne serait jamais une intellectuelle, mais la justesse de son regard valait souvent mieux que d'abstraites dissertations.

Odile savait regarder, elle savait surtout voir. Elle s'était instruite sur le tas, pas dans les livres mais dans la vie. Ainsi, lors d'un voyage à Rome, avait-elle été bouleversée par la sobre beauté de l'art baroque que l'on disait surchargé en le confondant, par abus de langage, avec le style rococo qu'elle découvrirait, des années plus tard, en Autriche. Elle s'était sentie du côté des baroques, de ceux qui privilégient la pureté des lignes et qui préfèrent penser l'espace comme ayant plusieurs centres et non un seul. L'idée que l'univers soit une ellipse, des ellipses, et non un cercle parfait au centre duquel trônerait un dieu tout-puissant l'avait séduite infiniment. Pour elle, le monde n'était pas régi par un créateur unique. Chaque homme qui rêve d'inventer sa vie est un dieu, disait-elle.

Le rococo des petites chapelles autrichiennes l'avait amusée. Modestes de taille malgré leur richesse, elles ressemblaient à des pâtisseries de fête – mariage, baptême – avec leurs pluies d'anges dorés dégringolant d'autels aux couleurs pastel rehaussées d'or et d'argent. Mais chez Odile, si austère au fond, cette débauche de stucs, de dorures et de sculptures fixés sur des murs sans fantaisie architecturale, éveillait le souvenir ancien de ces soldats de la Grande Guerre qui défilaient dans les rues d'Étampes. Ils portaient accrochées sur leurs poitrines haletantes et malades des médailles de bravoure qui, pensait-elle alors, les honoraient, mais n'effaçaient pas de leur mémoire les horreurs des combats et ne leur rendaient pas la santé. Elle trouvait leurs décorations inutiles. Elle trouvait toutes les décorations inutiles.

Le baroque l'avait convaincue par son art des perspectives, des échos, des trompe-l'œil, de la richesse des mondes possibles. Le baroque réinventait le rapport de l'homme à son habitat et, au-delà, à l'univers. Désormais, pour elle, la couture était devenue le lieu où redécouvrir le corps mais aussi l'espace dans lequel il évolue.

– Avec le temps, vois-tu, mon amour, il me semble désuet de vouloir scinder le monde en deux. D'un côté les hommes, de l'autre les femmes. J'ai le sentiment que, lorsqu'on le pense dans son environnement – de travail, de loisir, d'amour –, le corps humain est sans sexe. Du moins, il n'est pas réductible à son seul sexe. Il est un volume de chair, d'émotions, de pensées, de désir. Il est vulnérable et fort. Il est tout ce dont on dispose pour vivre. Et en cela il est plus précieux que tout. Moi, je n'ai jamais vu des âmes. Je n'ai rencontré que des corps.

Authon l'écoutait, attentif. Il ne l'interrompait pas. A la moindre distraction, elle perdait facilement le fil, sautait sur un autre sujet plus par crainte d'en avoir trop dit, de s'être trop livrée, que par manque de suite dans les idées.

Il ne savait pas jusqu'où elle irait dans ses réflexions. Il ignorait si avant de les formuler en sa présence, elle les avait déjà formalisées. Il avait le sentiment d'être une sorte d'accoucheur pour cette femme qui, dans la lumière rasante du soir, parlait d'une voix sourde. Ni lui ni elle n'allumaient l'électricité lorsqu'elle s'exprimait du plus profond d'elle-même, avec cette grâce spéciale des somnambules évoluant aux frontières du vide. Dans ces moments-là, il se sentait pris dans un enchantement. Pour décrire cette impression d'envoûtement qu'il éprouvait dans la clarté presque irréelle de ces fins d'après-midi, il ne trouvait dans son vocabulaire intime que les peintures naïves de ces garçons et de ces filles visités par la Vierge, que l'on voyait sur les images pieuses de son vieux catéchisme, figés dans une extase sans fin.

Il sortait de là, ivre et serein. Écouter Odile lui donnait envie de créer, d'aller plus loin, de ne pas rester ce jeune homme talentueux – les autres le qualifiaient ainsi – qui, pour une clientèle de nantis, met en scène des produits de luxe dans un décor astucieux.

Il lui fallait travailler davantage. Chercher au-delà. Faire abstraction de ce qui le limitait. Oublier son âge, sa chance, son sexe et même cet amour d'Odile qui pourtant le stimulait.

C'est à cette époque-là qu'il avait commencé à s'interroger sur son passé et celui de sa famille qui jusque-là ne l'avaient guère tourmenté, du moins le croyait-il. « Pour savoir où l'on va il faut savoir d'où l'on vient. Ce n'est pas arriver qui est important mais refaire le chemin… », ces phrases d'Odile, il les avait faites siennes. Mais remonter le temps s'avérait difficile. Que savait-il de ces Kaplein qui avaient vécu en Pologne ? Rien. Si ce n'est qu'il était sans doute leur dernier descendant. Et, dans le fond, que pourraient-ils lui révéler qu'il ne puisse apprendre autrement ? Ainsi Authon qui avait toujours préféré les images aux mots commença-t-il à voyager à travers les livres, à passer les frontières dans des librairies, à accumuler des souvenirs dans la bibliothèque du château.

Odile faisait mine de ne rien voir. Il fallait qu'il fasse

seul le périple. Elle ne craignait pas de le perdre. Ils étaient pareils. Pourtant, plutôt que de le laisser s'enfoncer loin dans ce pèlerinage secret, elle lui proposa de faire ensemble un grand voyage. Un vrai voyage dans les airs et sur terre. Ahmed leur avait parlé d'un hôtel de rêve aux portes du désert de sel, dans le sud de la Tunisie.

– Le désert est le lieu des mirages. Peut-être découvrirons-nous dans la lumière intense des images d'un homme nouveau dont nous serons les prophètes.

Odile avait dit cela sur le ton de la plaisanterie. Mais ni Ahmed ni Authon n'étaient dupes. Elle croyait vraiment à ce qu'elle disait. Cette femme avait la conviction des magiciennes, la force des héroïnes tragiques de l'Antiquité...

6

Rien n'est plus éloigné du désert que la fertile plaine de la Beauce. Pourtant, c'est en regardant les vastes champs de blé autour d'Authon-la-Plaine et dans les environs d'Étampes qu'Odile enfant s'était imaginé ce que devait être le désert. Elle pouvait rester des heures à observer le vent dans les blés mûrs, soulevant des nuages de poussière fine qui s'agitait – elle disait « s'affolait » – dans les rayons rasants du soleil. Il n'y avait que cela, les blés qui s'étalaient comme une immense tache de couleur, le ciel qui au loin sombrait dans l'or du champ, et la poussière, telle une auréole de sainteté, qui sentait la paille, la terre et la chaleur. Pas un arbre, pas une maison. Pas un cheval. Pas même un nuage dans ce ciel miraculeux de plein été. Rien, le désert, se répétait-elle. Le désert.

Et ce « rien » qui lui emplissait la bouche était étrangement voluptueux. Face à l'ampleur du paysage vide, elle se sentait détentrice d'un secret oublié. Elle, elle connaissait le désert.

C'est à l'école que le mot *désert* avait été prononcé par l'institutrice. Dans une de ces phrases de grammaire qu'elle abhorrait. Quelque chose du genre : « Les déserts sont parcourus par les dromadaires. Prenez garde à l'accord, mesdemoiselles ! »

Les gamines ne connaissaient ni les déserts ni les dromadaires. L'institutrice avait d'abord parlé des dromadaires, dont Odile n'avait à peu près rien retenu, si ce n'est que c'était un genre de chameaux mais avec un nombre différent de bosses. Elle ne saurait jamais lequel des deux animaux avait une bosse et lequel deux. Mais elle n'oublierait pas la description du désert, au demeurant sommaire, que leur fit l'enseignante. « Un espace vide, une terre sur laquelle rien ne pousse et qui a le plus souvent la couleur de l'or ou de la paille. » C'était étrange et fascinant comme quand on se penche à la fenêtre au-dessus du vide.

Elle n'avait parlé ni de sable ni de dune. Sans doute parce que la plupart des gamines n'étaient jamais allées au bord de la mer, sur la plage, et qu'elles ignoraient tout de la fluidité du sable blond qu'on fait couler entre ses doigts.

L'été venu, Odile avait eu la révélation d'un désert proche que ne traversait aucun dromadaire, mais qui lui avait donné cette sorte de vertige que l'on éprouve devant le mystère des espaces infinis. Intimement, elle savait que ce qu'elle voyait n'était pas un vrai désert, mais c'était le sien. Il n'appartenait qu'à elle. Elle ne le partagerait avec personne. Les adultes parfois ont de drôles de rires devant les rêves des enfants.

Est-ce la force de cette illusion ancienne ? Odile qui a beaucoup voyagé en Europe, aux États-Unis, en Afrique du Nord – elle connaît Tunis et Alger – n'est jamais allée au Sahara. Elle a souvent regardé des aquarelles l'évoquant dans la vitrine d'une galerie parisienne, lorsqu'elle était encore débutante et avide de tout. Elle a admiré les bleus indigo des hommes du désert. Elle les a déclinés dans ses travaux de coloriste, tout comme elle a travaillé sur les ocres de ces terres brûlées. Mais elle est de celles qui ont du mal à confronter leurs images intérieures au réel. Le réel est si décevant.

C'est dans l'avion qui les a conduits à Tozeur-Nefta, dans le Sud tunisien, qu'Odile a raconté tout cela à

Authon et à Ahmed qui, pour l'occasion, les accompagne. A vrai dire, c'est lui qui est à l'origine de l'expédition. Le gouvernement tunisien lui a demandé d'exposer quelques-unes de ses toiles dans le somptueux hôtel que l'on vient de construire aux portes du désert. On lui a proposé d'inviter des proches. Odile et Authon. Personne d'autre. Ahmed est un ami volontiers généreux, mais très avare de son amitié. Et plus encore de son amour. Il n'a toujours pas de femme fixe dans sa vie. Des belles de passage qui parfois s'attardent quelques mois, puis disparaissent. Sur leur sillage elles ne laissent qu'un peu de leur beauté, un peu de leur parfum, jamais l'ombre d'une tristesse ou d'un regret. Lorsque Authon le traite de vieux garçon volage, il sourit et répond :

— Ma famille s'est sédentarisée depuis plusieurs siècles, mais mes amours sont restées nomades.

Tout ici, à Tozeur comme à Nefta, leur est inconnu. Le sable, à perte de vue, qu'endiguent des haies faites de branches de palmier séchées ; la route droite et cabossée sur laquelle ne roule aucune autre voiture que celle de l'hôtel ; la porte de la ville dont l'arc outrepassé se découpe sur l'horizon comme un décor de théâtre, les palmiers blottis dans l'anse d'une oasis en forme de corbeille ; les maisons, les coupoles, le minaret de l'autre côté des arbres et, au loin, jouant avec l'horizon, tel un miroir improbable, le lac salé qui scintille dans la lumière...

L'air est froid en ce mois de janvier ensoleillé. Froid et sec comme dans les régions de montagne. Demain, lorsqu'ils iront marcher dans la ville au soleil de midi, ils éprouveront cette impression rare d'être à la fois gelés et brûlés.

Pourquoi se sentent-ils soudain si légers dans ce lieu où, dans trois jours, afflueront les touristes – on y organise une grande fête pour le vernissage d'Ahmed – mais où, pour l'instant, il n'y a presque personne. Dans la lumière bleue de cette fin de journée s'élève le chant du muezzin. Aucun autre bruit n'interfère. Seule la voix qui appelle à la prière et qui se répand sur la ville, le lac salé, la palmeraie, le désert...

Odile a emporté son carnet de croquis. Elle ne le lâche que pour dormir, et encore. Elle dessine sans cesse avec une frénésie qu'elle ne connaissait plus depuis longtemps. Tout capte son regard. Elle ne montre rien à personne. Même si la proximité d'Authon fait qu'il voit quelques-unes de ses esquisses au moment où elle les réalise. Mais il ne cherche jamais à voir. Ne pose aucune question. Il sait qu'elle se nourrit, qu'elle avale en vraie gloutonne et que plus tard – quand ? il l'ignore – il en sortira quelque chose.

Ahmed, lui, est très occupé par son accrochage. Il reçoit des journalistes et ne partage que les dîners avec le couple. Et encore, pas tout à fait. Parfois il quitte la table en cours de repas. Il est ailleurs. Il est discret.

Authon, lui, boit la lumière. Il s'imprègne de ces soleils noirs de lumière, soleils qui découpent, tordent, travaillent les paysages comme de voluptueux et rétifs fers forgés. Il n'a rien emporté, pas de carnet, pas de crayon, pas d'appareil photo. Il n'a que sa rétine. La nuit, lorsque plus aucune lueur ne vient se glisser par la fente des volets, il lui arrive de voir des images d'une extraordinaire intensité lumineuse qui s'écrivent dans le noir. Des cimes de palmiers aux éclats métalliques, des minarets inconnus, des coupoles de cristal et, attirant et inquiétant comme du mercure, le chott qu'il n'a pas encore approché.

Même si elle n'a pas fait la moindre remarque sur les tenues des autochtones – ici le personnel est masculin et porte la djellaba –, Authon sait qu'Odile est très attentive à la manière traditionnelle dont sont vêtus les hommes. Tout dans ces lieux ne peut que la renvoyer à sa quête d'une beauté qui se joue des sexes et des modes. D'une beauté délivrée des contraintes sociales. Elle sait, bien sûr, qu'il n'est de vêtement que social, et qu'ici comme ailleurs la tradition renvoie à un ordre de la société. Mais utiliser pour le détourner le langage d'autrui demeure pour elle une tentation irrésistible. L'imagination, dit-elle, c'est savoir accommoder à sa manière, mélanger des formes, des idées, des couleurs, des matières qui nous viennent d'autrui.

C'est ici, dans ce lieu protégé, avant la cohue des invités, qu'est née la nouvelle collection d'Odile Délie. Du blanc, du crème, de l'écru, du noir, du marron, des broderies ton sur ton, de longues robes d'épais coton, de toile légère, de laine douce, des capes semblables à ces burnous gansés de soie que portent les hommes au visage tanné, au regard perdu, qui attendent assis dans la poussière des routes, avec une dignité de princes ou de nomades.

Pour le vernissage de l'exposition d'Ahmed, Odile et Authon portaient tous deux des chemises sans col, à boutons de soie, des djellabas brodées, les pantoufles de cuir brut des hommes du désert, et, par-dessus ces vêtements d'une blancheur laiteuse, des burnous de laine bise. Il existe quelques photos de la soirée dans les archives de l'hôtel.

Interrogée par la presse, Odile a prétendu n'être pour rien dans ce que d'aucuns ont appelé alors « ce déguisement ». Ahmed seul en était responsable, a-t-elle dit… Celui-ci a nié. Il avait uniquement servi d'intermédiaire auprès d'un tailleur de Nefta qui avait exécuté les tenues jumelles en un jour et deux nuits. Intermédiaire entre qui et qui ? Authon n'a jamais répondu à la question. En revanche, il déteste qu'on emploie le terme de déguisement. Il dira plus tard que cette soirée a marqué pour lui le début d'une nouvelle vie.

7

Le temps joue étrangement avec les êtres. Il en est qu'il a l'air d'oublier, jusqu'au jour où, impitoyable, il fond sur eux. On nomme ce phénomène brutal « un coup de vieux ». Il en est d'autres qu'il accable très tôt et dont il semble ensuite se désintéresser. Ceux-ci passent en douceur de la catégorie des vieux jeunes à celle, plus prisée, des jeunes vieux. On se console comme on peut des outrages de l'âge…

Le temps n'a pas vraiment oublié Odile. Mais Odile, elle, a oublié le temps. C'est le privilège de sa célébrité, de son refus de maternité, de sa volonté aussi. Elle a renoncé au maquillage de sa jeunesse, n'utilise plus de fard à paupières qui s'insinue dans les ridules autour des yeux, ni d'eye-liner dont elle devrait épaissir le trait pour camoufler les flétrissures du contour de l'œil. Elle milite pour un visage nu ou presque – juste un peu de poudre pour unifier le teint, du fard à cils pour intensifier le regard –, une peau saine, des cheveux toujours impeccables, une dentition soignée. Pas de panique lorsque apparaît l'esquisse d'un nouveau sillon à la base du nez ou au coin de la bouche. « C'est l'écriture des ans », dit-elle sans angoisse. Rien ne sert de chasser le naturel.

Les autres femmes qu'elle croise dans sa profession – coquettes de salon, richissimes acheteuses, stars de tous horizons, mannequins condamnées à la maigreur et à l'adolescence – s'émerveillaient il y a peu de son invulnérabilité face au temps. Désormais, elles s'émerveillent devant l'audace de cette femme qui ose se montrer à visage découvert, nue en somme, alors qu'elle partage ses jours avec un homme de trente ans son cadet. Lequel, sans chercher à faire plus vieux qu'il ne l'est, par souci de gommer quelques-unes des années qui le séparent d'Odile, témoigne d'une telle profondeur, d'une telle force intérieure qu'il ne vient à l'idée de personne de penser à lui en termes d'âge. On dit volontiers du couple qu'il est hors du temps.

Si Odile n'était pas Odile, c'est-à-dire une créatrice inventive et de renom, une femme admirée, enviée, qui mène sa vie avec cette liberté que l'on dit privilège des hommes, sans doute n'aurait-elle pas atteint ce degré de sérénité, cette certitude d'être dans le vrai qui lui donne toutes les audaces. Elle n'est pas un modèle pour les femmes en ce sens qu'elle ne s'est jamais tout à fait comportée comme une contemporaine. Celles qui, désireuses de l'imiter, s'habillent comme elle, se coiffent comme elle, cessent comme elle de se maquiller et vont jusqu'à s'afficher avec des amants à peine sortis de l'enfance ne parviennent pas à lui ressembler. Elles n'ont pris d'Odile que l'apparence. Et qu'est une apparence sans le travail intérieur long, lent, profond dont elle est le fruit ? L'élégance, la jeunesse n'ont que peu à voir avec l'apparence. Telle est depuis toujours la philosophie d'Odile.

C'est en observant le visage des hommes du désert, buriné par le vent, le sable, le soleil, le froid intense des nuits, qu'elle a su que toutes ses hypothèses sur la beauté étaient fondées. La beauté n'est pas une qualité variable, elle ne change pas selon les critères de la mode. La beauté n'a pas de canons. Elle est le plus court chemin entre soi et soi. Odile, on le sait, ne croit pas à l'existence de l'âme. Mais elle n'a pas trouvé mieux dans son voca bulaire de femme que les mots effraient pour désigner ce moi intérieur qui affleure sur le visage et le corps de ceux qui accèdent à la beauté. La beauté, c'est le rayonnement extérieur de l'âme. Mais attention, cette âme-là n'est pas immortelle. Elle ne s'envole pas au paradis. Elle ne sombre pas en enfer. Elle ne s'impatiente pas au purgatoire. Elle disparaît, simplement avec notre corps. Et cela recommence, indéfiniment, en marge de la société, du temps, de l'argent, de la frivolité des choses passagères. D'une certaine manière, Odile croit à l'éternité.

Authon partage cette philosophie de l'existence. Non pas par amour pour Odile ou par imitation. Mais parce qu'il le pense lui aussi et que cette pensée s'enracine dans sa propre expérience. Authon fait son chemin, à travers les livres. Il cherche les traces dans les mots. Il a compris que son amour quasi natif du noir et blanc n'était qu'une préfiguration de sa passion récente pour l'écriture imprimée. Noir et blanc de la page des livres… En deçà de la lecture, celle que l'on fait pour le sens, pour l'histoire, il est une lecture des signes écrits qui sont de l'art à part entière. Le Coran n'a laissé aux artistes que les lettres sinueuses de son alphabet et les mots sacrés du saint livre. Ahmed et lui parlent souvent de cette pratique arabe de l'art de la calligraphie que l'on trouve aussi en Extrême-Orient, en Chine et au Japon. Authon pense que les lettres sont des corps stylisés qui, parce qu'ils ont oublié la pesanteur de leurs formes premières, peuvent exprimer plus finement les secrets de la création et de l'univers. Les lettres de l'alphabet sont, dit-il, comme le corps des danseurs, à la fois sensuels et abstraits. Signe et sens.

Depuis qu'ils sont rentrés de Nefta, Odile et Authon travaillent sur un projet commun qu'ils ne partagent avec personne. Pas un mot aux journalistes, bien sûr, qui s'amusent de l'exotisme de leurs tenues lors des deux fêtes où ils se sont rendus vêtus à la tunisienne. Les deux en vêtement masculin, s'entend. Ce qui leur a valu quelques propos malveillants dans une presse qui fait profession de malveillance. On y soulignait la gémellité vestimentaire de ces deux stars de la mode qui (*sic*) « s'habillaient en jupe en voulant ressembler à des ratons. Effet raté en termes d'élégance, on ne savait plus qui était la fille et qui le garçon. Normal, vu les mœurs pratiquées dans ces pays arabes ».

L'article leur était parvenu découpé et expédié par une main anonyme. Authon l'avait brûlé dans le cendrier avec un bâton d'encens. « Pour mettre un peu d'odeur de sainteté dans toute cette pourriture. »

Dans la soirée, tandis qu'Odile prenait un bain, il avait repensé à l'article. Non pas dans ce qu'il exprimait de haine raciale bête, mais pour ce qu'il disait de leur ressemblance. Il s'était senti troublé par ce regard étranger et méchant mais qui pourtant voyait ce que parfois Ahmed ou lui-même avaient vu. Avec les ans, il ressemblait de plus en plus à Odile. Cela ne l'effrayait pas. Cela ne l'étonnait pas non plus. Mélanie avait dit un jour à une voisine qui soulignait sa ressemblance avec Odon : « C'est normal, les gens qui s'aiment se ressemblent. » Il ne se souvenait pas s'il ressemblait à son père ou à sa mère. Il n'avait plus d'images d'eux. De vraies images, s'entend, des images de vie. Il ne lui restait que quelques photographies qui ne lui rappelaient rien. Elles étaient comme les mots *papa* et *maman*, une convention. La filiation et son corollaire, la ressemblance, il ne connaissait pas. C'était ainsi. Ni triste ni gai. Une simple constatation.

Qu'il ressemblât à Odile par amour lui plaisait dans le fond assez. Mais il savait qu'il y avait là plus que du simple et bel amour, plus que de la passion commune. Elle ne déteignait pas sur lui, selon la vieille expression dont usaient ses tantes. Pas plus qu'il ne déteignait sur elle. Ils ne fusionnaient pas davantage. Mais au fil des ans, en suivant des chemins différents, ils prenaient les mêmes couleurs, les mêmes tonalités, les mêmes lignes. Pas tout à fait celles d'Odile. Pas non plus celles d'Authon. Ils étaient en train de se transformer en une drôle d'entité à deux corps et deux têtes semblables. Cet être nouveau et double dans lequel ils s'incarnaient ensemble était en quelque sorte leur enfant. Lorsqu'elle l'avait rejoint dans sa chambre, Odile l'avait entendu murmurer pour lui-même : « Un enfant en devenir... »

8

Les soixante ans d'Odile et les trente d'Authon avaient donné lieu à une fête dont les fastes demeurent encore dans quelques mémoires et dans les archives de bon nombre de journaux. Authon avait eu l'idée d'en confier l'organisation à Ahmed. Il lui avait accordé un budget illimité. Au diable l'avarice. Ce n'est pas tous les jours qu'on a la moitié de l'âge de celle qu'on aime.

— Cela n'arrivera même qu'une seule fois. Alors…

Alors il avait tenu Odile à l'écart de tous les préparatifs. Ce serait une surprise. Ahmed, par son éducation et sa culture, saurait mieux que quiconque préparer une fête inoubliable. Il n'utiliserait pas le château, trop typé, intransformable, mais le parc. Avec quelques aménagements de son cru.

L'automne étant, dans cette région, de tendance pluvieuse, il avait imaginé de faire monter deux immenses tentes sur la grande pelouse. L'une pour la réception générale – on y dresserait tables et buffets –, l'autre, avec un plancher ciré, pour le bal. Il avait demandé à un fleuriste célèbre pour son imagination et son audace d'inventer pour la soirée un jardin exotique avec une tonnelle fleurie qui relierait les deux tentes. Et, sous les yeux ahuris des habitants de la vallée, étaient arrivés dans des camions frigorifiques des arbres en pot mesurant plusieurs mètres : des palmiers de toutes sortes, des bananiers aux larges feuilles, des flamboyants en fleur, des filaos aux longues aiguilles tendres qui semblaient se désoler loin de leurs rivages natifs, des bougainvillées mauves et rouges que des hommes gantés accrocheraient sur de vastes treillages de bois dressés pour l'occasion et des buissons de fleurs aux formes et aux couleurs étranges dont personne ne connaissait le nom. Dans une vasque de pierre moussue d'où jaillissait un jet d'eau s'étalaient des plantes aquatiques aux feuilles épaisses et aux corolles charnues.

On illuminerait l'ensemble, pour donner vie et mystère à tant de luxuriance. Il avait fallu deux bons jours pour installer et éclairer l'ensemble. Le résultat était simplement époustouflant.

Lorsqu'on avait franchi la grille du château, on tombait dans le rêve. On traversait le miroir du réel pour fondre dans un univers hors du temps, des normes, de la raison. Un monde où plus rien n'existait que le luxe, le faste, l'abondance, la folie, la beauté.

Authon était passé dans la journée vérifier la bonne marche des préparatifs. Traiteurs, pâtissiers, sommeliers étaient en place, prêts à faire surgir du ventre de leurs fourgonnettes des débauches de caviar, langoustes, fruits de mer, rôtis, volailles, fromages, gâteaux, sorbets et autres nourritures terrestres pour palais gourmands. Un violoniste et une flûtiste qu'Ahmed avait recrutés au Conservatoire ponctueraient avec grâce le dîner assis. L'orchestre, sous la deuxième tente, répétait déjà des valses et des tangos. Odile avait une passion pour cette danse argentine que dansaient enlacés, dans des bars malfamés du port de Buenos Aires, des hommes ivres de solitude, d'alcool et de désir.

Le soir venu, trois cents convives arrivèrent avec ou sans chauffeur, et la route modeste qui longe la Juine fut illuminée des heures durant par les phares jaunes des véhicules qui processionnaient jusqu'à la grille d'entrée, déposaient leur cargaison d'élégants et d'élégantes et partaient se garer plus loin dans un champ transformé pour l'occasion en parking.

Ahmed avait tout prévu, jusqu'au feu d'artifice que l'on tirerait à l'arrivée d'Odile au-dessus de la rivière dans le fond du parc.

Elle devrait se présenter à vingt et une heures précises. Pas avant. Tous les invités seraient déjà là. Authon et elle firent une entrée remarquée sous des arceaux fleuris portés à bout de bras par des jeunes gens vêtus à la tunisienne – des étudiants des Beaux-Arts qu'Authon avait choisis de même taille pour que le tunnel floral fût toujours d'une égale hauteur.

La soirée fut un rêve, sans la moindre fausse note. Odile y fut une reine émue. Jamais le jardin de son père n'avait connu une telle gloire. C'est à lui qu'elle pensa d'abord lorsqu'elle vit ainsi transformée en oasis cette pelouse tendre et si verte de son enfance. Elle dit en confidence à Ahmed que leurs imaginaires allaient bien ensemble. Elle, petite fille, imaginait que la Beauce était le désert. Lui, adulte, avait inventé pour elle une oasis sur les rives de la Juine. A eux deux, ils étaient en train de refaire la France. Quant à Authon, son bonheur était serein. Il fut avec bonhomie celui qui fête et celui qui est fêté. Malgré le côté très mondain de la soirée – il eût été impossible d'y échapper et, dans le fond, il ne le détestait plus autant que par le passé –, il se sentait totalement présent dans cette fête qu'il avait souhaitée, et à la fois parfaitement inaccessible. Comme ces sages qui, même s'ils préfèrent la solitude, peuvent s'accommoder de la compagnie des hommes parce qu'ils savent garder la distance. Dans ce monde de gens qui rampent, ils ne perdent jamais le goût de planer.

– Nous avons acquis de la hauteur, mon amour, aimait-il dire à Odile.

Et c'était vrai. Lorsqu'ils ouvrirent le bal avec la traditionnelle valse, tous les convives partagèrent cette même impression qu'Odile et Authon étaient sur un nuage. Leurs pieds semblaient ne pas toucher le sol. Ils étaient intensément ensemble et ailleurs. Ici et ailleurs.

Ils avaient décidé de ne pas passer la nuit au château, de regagner Paris assez tôt, livrant à leurs amis et connaissances ce parc métamorphosé qui, dès le lendemain matin, retrouverait son air de nature sage d'Ile-de-France. Et seuls quelques pétales multicolores arrachés à des fleurs d'une nuit, tels des confettis géants, sur la pelouse vide, témoigneraient des folies de cette fête dont on entendait, dit-on, les flonflons jusqu'à Étampes et même au-delà.

En les voyant partir furtivement comme des jeunes mariés qui se défilent, Ahmed avait éprouvé pour la première fois de sa vie une sorte de jalousie. Non pas qu'il fût amoureux d'Odile et frustré. Il n'avait jamais éprouvé de désir pour cette femme qu'il trouvait belle mais qui lui demeurait en un sens étrangère. En tout cas si éloignée de l'image qu'il avait, adolescent, de la femme idéale. Car, pensait-il, la femme que l'on aime ressemble forcément à la jeune fille à laquelle on a rêvé, gamin. Lui avait rêvé à des filles inaccessibles, soumises, promises dès leur jeune âge, parfois voilées. Des filles dont il savait qu'il pouvait encore les désirer mais avec lesquelles il lui serait impossible de passer sa vie. Des filles qui étaient restées très loin derrière sa route. Celles qu'il avait rencontrées ensuite, en France, n'avaient jamais pu le retenir. Il les trouvait sans mystère. Il poursuivait une chimère en sachant qu'elle était chimère.

– C'est ma façon d'avancer, se disait-il.

Non, Odile ne le séduisait pas, et il éprouvait pour Authon une amitié dénuée de toute attirance sexuelle. Même si parfois, au lycée et plus tard aux Beaux-Arts, il lui était arrivé d'avoir des relations avec un copain. Par curiosité, par culture aussi. Les hommes de son pays ne vivent pas leur sensualité comme les Européens. Mais non, sa jalousie n'avait rien à voir avec de l'amour contrarié. Il n'était du reste pas jaloux de l'une ou de l'autre, mais de ce qu'ils vivaient ensemble et dont il soupçonnait la rareté, le privilège.

Ce qui le frappait le plus, ce qui l'intriguait et le laissait rêveur, c'était cet étrange rapport qu'ils entretenaient. Rapport de proximité extrême, proximité qui se jouait presque des frontières du corps. Ne les avait-il pas représentés comme deux formes en voie de fusion, deux amibes amoureuses, deux silhouettes siamoises ? Ce tableau-là, exécuté il y a longtemps, il avait pensé le garder pour lui, comme un secret ou plutôt comme la clef de leur secret. Et soudain, il avait éprouvé l'envie de le leur offrir. Ce serait le cadeau de leurs quatre-vingt-dix ans. Ils le trouveraient en rentrant chez eux. Il l'avait fait livrer en leur absence. Il voulait leur laisser le temps de le découvrir, de se découvrir.

Mais malgré cette osmose amoureuse et physique, Authon et Odile gardaient une distance que peu de couples savent se ménager. L'amour, le désir se nourrissent de distance et d'ignorance. Trop connaître l'autre en détruit le charme. Si semblables soient-ils, Authon et Odile avaient tracé entre eux une sorte de frontière, à ne franchir sous aucun prétexte. En tout cas pas avant que l'un et l'autre aient décidé d'un commun accord de passer outre.

Ahmed pense qu'il y a un mystère Odile et Authon. Un mystère de type religieux, semblable à ceux que les catholiques nomment de la trinité ou de la transsubstantiation... Pourtant, il sait, il l'a vu, l'amour d'Authon et d'Odile n'a rien d'éthéré, il est charnel, humain. Et parce qu'il a lu Diderot, il ne peut s'empêcher de penser à l'éternité de ces particules amoureuses du corps des amants qui se cherchent indéfiniment. Oui, c'est cela. Authon et Odile ont inscrit leur amour dans l'infini.

9

Si Odile, et, dans une moindre mesure, Authon ont participé intensément à l'histoire de la mode et donc à l'évolution du regard, des mœurs, et même de la société, ils sont restés très en marge de l'histoire immédiate qui, au printemps 68, a jeté les étudiants dans les rues. Non qu'ils aient été hostiles à cette jeunesse qui voulait réinventer le monde, mais ils n'avaient rien à ajouter. Ils n'étaient pas gens de mots et de principes savamment exprimés. Odile disait souvent qu'elle n'avait pas l'art de la parole, elle utilisait un autre type de langage. Voilà tout. Elle avait le sens du ridicule et se gardait bien de jouer les intellectuelles. Surtout ne pas jouer les intellectuelles.

Authon, lui, était volontiers plus explicite, plus violent. Peut-être parce qu'il était plus jeune, plus proche de ceux qui écrivaient sur les murs de Paris : *Sous les pavés la plage*. Oui, ils avaient raison, il fallait chercher ailleurs sous la carapace des apparences, sous le vernis de ce que l'on dit acquis et intouchable, ces sources vives qui, lorsqu'on les trouve ou simplement lorsqu'on les cherche, donnent un sens à la vie. Mais chacun doit chercher à sa manière. Dans ce domaine-là comme dans bien d'autres, pas de recette. Mais prendre le train en marche, sauter dans le wagon de queue pour être tout de même sur la photo, à l'arrivée, non, merci ! Très peu pour lui.

Il avait eu honte de voir certains de leurs amis s'humilier pour se faire admettre. Ah ! le jeunisme !… S'il avait été étudiant en mai 68, s'il avait fréquenté l'École des beaux-arts, il serait sorti comme eux dans la rue, comme eux, il aurait fait la fête, « la révolution ». Il avait du mal à employer ce mot. Il ne faut pas exagérer tout de même.

Lui, qui n'avait pas bougé de chez lui, pas manifesté dans les rues, gardait au fond du cœur le souvenir de cet élan généreux. Pas question de l'enterrer, de l'oublier. Pour Authon, pour Odile aussi, quoique plus faiblement – Odile en cette fin de décennie commençait à prendre un peu de champ avec le monde –, le vrai travail commençait lorsque s'étaient tus les éclats de la fête.

On ne découvre pas la plage sous les pavés en pleine tempête. C'est après, quand les vents sont tombés, lorsque le calme est revenu, que l'on creuse à la recherche des trésors enfouis. Sans micro, surtout sans caméra. Seul avec ce que l'on croit être son destin, sa quête.

C'est à l'automne 70 qu'Authon a bouleversé ses principes de décorateur. Odile lui avait confié sa toute nouvelle vitrine de la rue Royale. A lui d'en faire quelque chose. Elle avait quitté le faubourg Saint-Honoré qui était devenu trop étroit pour ses activités. Elle avait ajouté à ses collections de mode et de prêt-à-porter des parfums et des accessoires – sacs, chapeaux, gants, foulards et même quelques bijoux. Ce qui l'avait contrainte à chercher un lieu plus vaste pour présenter ses créations. Elle refusait de passer la Seine. On verrait plus tard. Elle ne se sentait pas rive gauche. Surtout depuis la vogue que connaissaient le Quartier latin et Saint-Germain au lendemain des barricades. Ce mélange des genres, luxe et manifestations politiques, l'écœurait.

Authon avait préparé sa vitrine sans en parler à Odile. Il lui avait demandé de travailler seul, de lui faire confiance. Non, il ne souhaitait pas en discuter avant. C'était une nouvelle idée. Un nouveau concept ? Non, une nouvelle idée. Authon laissait les concepts aux philosophes, lui, il lui arrivait d'avoir des idées. C'était le cas. Il en était tout émoustillé.

La collection de printemps était magnifique. Odile avait créé de vastes manteaux de pluie redingotes dans les tons feuilles mortes qu'elle mariait avec des tailleurs rouille et noir, des robes près du corps, amples malgré tout parce que taillées en plein biais ; des sacs à bandoulière de cuir brun clair, tabac, marron glacé ; des bijoux en faux or, comme des fleurs aux corolles d'émail ; de longues écharpes de cachemire et de soie aux motifs orientaux...

A la veille de monter sa vitrine, Authon était à la fois excité et inquiet. Il espérait qu'Odile réagirait bien, qu'elle applaudirait à son audace, mais il craignait qu'elle ne se sentît un rien exclue. Il était sûr d'avoir raison, sûr de faire quelque chose de parfaitement en harmonie avec lui, avec elle.

Il resta enfermé dans la vitrine une journée entière et une partie de la nuit. Il avait fixé le lever de rideau pour le vendredi onze heures. La presse serait là. C'était la première collection de la rue Royale, l'inauguration réelle du nouveau magasin.

Écrire qu'il y avait foule sur le trottoir dès dix heures trente est presque un euphémisme. Comme le dirait plus tard Ahmed, c'était une vraie manif.

Odile n'avait pas eu droit à glisser son nez derrière la tenture qui dissimulait le décor, pas plus qu'elle n'avait été autorisée à se faufiler près d'Authon pour l'aider à mettre les objets en scène. Elle ignorait même quels objets il avait choisis. Il avait tout sélectionné et prémonté dans son nouvel atelier sous les combles – une merveille d'aménagement style loft, dont il avait gardé la porte hermétiquement close.

Et c'est devant des spectateurs éberlués qu'il avait enfin levé le rideau, le cœur battant et les genoux poussiéreux à force de se traîner sur le sol de la vitrine dans laquelle il avait travaillé jusqu'au dernier moment. Dans un paysage de sable et de sel semé de roses des sables, ocre et blanc, qu'éclairaient des projecteurs solaires, un palmier au tronc d'argent et aux palmes d'or mat offrait aux regards des grappes de dattes couleur ambre. Sur le sable qui recouvrait largement le sol, Authon avait laissé des empreintes de pas qui, fidèles à la perspective, s'amenuisaient dans le fond du décor. Près des traces de cette voyageuse disparue, étaient jetés avec une fausse nonchalance, et une réelle élégance, des foulards, un manteau, un sac, un bijou, une robe, un flacon de parfum... Comme si la femme avait quitté le cadre, le monde, ses vêtements pour franchir la ligne d'horizon, nue comme une Ève nouvelle. Et cette ligne d'horizon qui semblait se perdre entre le bleu intense d'un ciel artificiel et le blanc des croûtes de sel qui réfléchissaient la lumière était matérialisée par un long et étroit miroir dans lequel chacune des femmes admirant la vitrine se verrait reflétée. Parce que, à défaut d'être de possibles clientes du magasin chic d'Odile Délie, les femmes de la rue pourraient malgré tout se reconnaître dans le rêve de cette voyageuse avalée par le désert. La vitrine d'Authon tenait peu compte des objets à vendre, elle se voulait un paysage ouvert, un cadeau pour tous les regards.

La presse, les amis, les passants, les employés de la boutique et de l'atelier avaient applaudi à tout rompre. On avait débouché le champagne sur le trottoir. Odile répondait joyeusement à toutes les questions :

— Demandez-le donc à Authon. C'est son œuvre.

Quand la cohue s'était dissipée – il était déjà plus de treize heures –, Odile s'était rapprochée de son amant. Elle n'aimait pas les effusions publiques et n'avait jamais confondu travail et vie privée. Il savait qu'il lui faudrait attendre pour connaître le sentiment de sa compagne. Elle lui a simplement pris la main, l'a serrée très fort. Il y avait des larmes dans les yeux d'Odile. Mais elle ne les laisserait pas couler. Pas son genre. Plus tard, lorsqu'ils se retrouveraient seuls chez eux, elle lui dirait comme ça, style propos tenu entre la poire et le fromage – surtout ne pas mélodramatiser, faire simple jusqu'à la nudité, au silence :

– Rose, ma mère, aurait beaucoup aimé.

10

C'est à la fin de l'hiver 75, le 10 mars, qu'Odile a eu un premier malaise. Vertiges, bourdonnements d'oreille, bouffées de chaleur, nausée… Évanouissement enfin. Excès de tension artérielle, a dit le médecin étampois qui depuis plusieurs décennies veille sur sa santé. Car Odile est de celles qui consultent non pas pour soigner des maladies – elle en a contracté si peu –, mais pour entretenir une santé au demeurant éclatante. Là, il semble que son corps se fâche. Question d'âge ? De surmenage ? De nervosité ? Les temps sont devenus plus difficiles. Tout le monde a copié Odile Délie. Et, même si les copies ne valent pas l'œuvre du maître, elles contentent des acheteuses qui, société de consommation oblige, préfèrent acquérir davantage à un moindre prix – et tant pis si la qualité est inférieure – que payer plus cher des vêtements indémodables et conçus pour toute une vie. La durée d'un objet n'est plus du tout un critère de choix. Plus rien ne doit ni ne peut durer. Ni les automobiles aux tôles froissables, ni l'électroménager, ni le mobilier… Ni même l'amour qu'on se jure éternel pour la forme, par habitude. Vivre vite et plusieurs fois, telle est la formule magique de ces années-là. Il en est même qui parlent de « tranches de vie ».

« Je suis d'un autre temps », conclut toujours Odile au terme de ce type d'inventaire qui, elle en convient, lui donne un air de vieille grincheuse – elle dit plutôt « de vieille conne ». Mais elle n'en démord pas. C'est elle qui a raison. L'avenir le prouvera. L'avenir, peut-être, mais le présent…

Le présent, lui, est plus difficile à négocier. Pour l'instant, rien de véritablement alarmant en ce qui concerne ses affaires. Elle reste une des références les plus cotées dans le monde de la mode. Jusqu'à quand ? s'interroge-t-elle en silence. Plus préoccupante en revanche est sa santé, disent ses proches. Elle ne partage pas du tout leur avis. La santé, ça se soigne. L'emballement de la consommation, qu'elle réprouve, lui semble plus dommageable car elle ne voit pas comment on peut l'endiguer. Pas de pilule miracle. Le sens de l'Histoire est contre elle. C'est la première fois qu'elle éprouve ce sentiment de n'être plus en avance sur son temps, ni même d'être de son temps. Elle n'aime pas ça, mais pas du tout !

Si Authon a été très effrayé par les malaises d'Odile, il n'en a rien laissé paraître. A elle, aux amis, il s'est contenté de dire :

– Odile est un roc indestructible, mais aucun roc n'est à l'abri d'un tremblement de terre.

Et, mine de rien, il a surveillé toutes ses prises de médicaments, il les a même devancées, préparant les comprimés, les ampoules… Odile détestait les remèdes. Elle ne disait jamais *médicaments* mais *remèdes* et *potions*, comme dans son enfance. Pour rendre festive l'ingestion de ces comprimés abhorrés et qu'elle a tant de mal à avaler, Authon lui a offert une petite boîte en argent ciselé qu'il a trouvée chez Cartier. Une petite merveille… Elle lui a dit en l'embrassant :

– Qu'importe le flacon pourvu qu'on ait l'ivresse… Mais comme l'ivresse m'est interdite, il ne reste plus qu'à soigner les flacons, enfin, les emballages. Tu es un ange de délicatesse, et moi, une hypertendue désagréable. Ta vie va devenir un enfer…

Mais le ton était malgré tout joyeux, du moins enjoué. L'alerte avait été sévère, mais elle semblait pour l'instant sans conséquences. Il lui fallait se ménager un peu. Ils partiraient donc en voyage. Moitié affaires, moitié agrément. Cela faisait six mois qu'elle différait une invitation au Québec. L'heure avait sonné de s'y rendre. Le médecin avait cependant conseillé de ne pas partir l'été. Les hypertendus n'aiment guère les chaleurs excessives. Et le Québec, l'été, est humide et chaud. L'automne conviendrait mieux. Pas pour le magasin, avait objecté Odile. On n'allait pas remettre le projet à l'année suivante, protestait Authon. Non, ce n'était pas sérieux. Il pouvait se montrer obstiné. Odile tout autant. On coupa la poire en deux. Il fut convenu qu'ils partiraient fin décembre, juste après Noël, et commenceraient l'année, là-bas, dans le froid québécois.

Mais avant, il y avait encore des tissus à choisir, les collections de 77-78 à imaginer. Pas dans le détail, juste établir les grandes lignes. Ce qui n'est pas le plus facile. On portait du court, voire de l'hyper-court depuis plusieurs saisons. Il fallait amorcer le virage vers des longueurs plus classiques. Odile remplissait des carnets et des carnets de croquis. Elle se faisait livrer des centaines d'échantillons. Elle gardait le lit plus souvent qu'à l'ordinaire. Non pas qu'elle fût plus lasse, mais c'est de là désormais qu'elle aimait rêver les femmes de demain. Comme si les oreillers dans lesquels elle se vautrait avec des gourmandises de gamine la protégeaient de cette modernité qu'elle avait suscitée et qui tout à coup lui échappait. Elle qui s'était toujours levée tôt comme une paysanne avait du mal à s'arracher au cocon de sa chambre et de son lit. C'était son luxe, disait-elle, et elle en usait sans modération. Et pour rassurer Authon que cette soudaine paresse inquiétait, elle se justifiait en inventant de glorieux exemples mythologiques :

— Même Zeus a fini par comprendre qu'il vaut mieux

diriger le monde du haut d'un nuage de l'Olympe. Tomber sur terre, se déguiser en humain est épuisant et dangereux.

Puis comme ces propos n'avaient pas l'air de le convaincre, ni même de le faire sourire, elle lui citait une phrase dont il usait parfois lorsque le reproche lui était fait d'être trop secret, trop solitaire.

— Je rentre en moi pour pouvoir aller ensuite vers les autres.

Et, même s'il n'était pas dupe de sa mauvaise foi, il lui était difficile de protester contre un tel principe. Oui, c'était vrai, Odile se retirait du monde, se retranchait dans son lit, mais de là, elle poursuivait son œuvre sans la moindre concession à la facilité. Odile était une chercheuse impénitente. Et qu'importait dans le fond qu'elle menât ses recherches le dos calé sur ses coussins brodés et ses oreillers de plume, ou assise à son bureau ? D'autant qu'en fin de matinée elle fonçait dans sa salle de bains et en ressortait plus Odile Délie que jamais, pimpante, le teint clair, lumineuse, prête à dévorer le monde avec, désormais, des comprimés pour l'aider à le digérer. La journée se terminait comme à l'ordinaire. En apparence, peu de choses avaient changé.

L'absence d'Odile au bureau le matin posa pourtant quelques problèmes d'ordre matériel. Par exemple, elle n'était plus joignable au téléphone, et refusait tout net de livrer le numéro de sa ligne privée dont aucun poste n'était, au demeurant, installé dans sa chambre. Odile n'avait connu le téléphone que tard et l'utilisait avec circonspection. Bien sûr, elle avait une secrétaire, mais elle ne s'occupait vraiment que de comptes et de factures et ne connaissait rien à la couture. C'est pour cela même que sa patronne l'avait choisie.

— A chacun son métier, je ne sais pas taper à la machine ni tenir un registre comptable, elle n'a pas besoin de connaître l'art de coudre !

Résultat, la malheureuse était débordée et tout à fait

impuissante. Il fallait trouver un moyen terme avant qu'Odile ne reprenne son rythme antérieur. Mais le reprendrait-elle? Authon faisait mine de le croire, mais n'en était pas très sûr. Son amante aurait bientôt soixante-dix ans et, malgré sa fraîcheur apparente, il ne la voyait pas renonçant aux privilèges de confort qu'elle s'était enfin accordés après tant d'années de vie spartiate. De quoi demain serait fait ne l'inquiétait pas vraiment. Authon n'était pas un anxieux. Du moins ne l'était-il pas quand il pensait pouvoir influer sur le cours des choses. Rien ne l'inquiétait plus que l'immobilisme.

— C'est la mort, disait-il.

Et il y avait alors dans sa voix un frisson d'angoisse que soulignait sa soudaine pâleur.

Mais là, dans le cas d'Odile, il ne s'inquiétait pas. Il savait que l'amour — lorsqu'il est de l'amour et pas de l'affection, de la tendresse ou toute autre forme édulcorée — a ceci de merveilleux qu'il s'adapte. On aime comme on marche, comme on respire, comme on vit. Pas tout à fait de la même manière suivant les âges de l'existence. Il avait aimé une Odile mordante, décidée, dévoreuse, de quarante ans bien sonnés, une Odile apaisée, rayonnante, princière, de soixante. Il aimerait cette Odile de soixante-dix et au-delà qui n'avait jamais renoncé à ses rêves, mais qui, maintenant, ne les formulait pas de la même façon.

Lui aussi a grandi, mûri, vieilli. Il n'est plus cet enfant de dix-huit ans que fascine une inconnue dont il ignore jusqu'à la célébrité. Lui aussi a fait du chemin. Il se sent bien dans cette vie qu'il a choisie seul, sans tenir compte des tabous d'une société qui les cultive avec quelque talent. Il est devenu un bon décorateur, un grand décorateur, écrivent certains. Lui préfère *bon* à *grand*. La postérité dira, peut-être. Mais la décoration est un art de l'instant, un art fugace. Comme la mode. Demain, il ne restera plus grand-chose de ses œuvres. Quelques photos… Il a lu un livre d'un poète chilien, Pablo Neruda, juste à cause du titre : *J'avoue que j'ai vécu.* C'est, a-t-il pensé, le plus bel aveu du monde. Le seul que l'on puisse livrer à ceux qui après nous cherchent leur chemin. Vivre pleinement est un privilège. Il est des vies qui valent des œuvres. Celle d'Authon sera ainsi. Elle n'a jamais été ordinaire jusque-là. Désormais, elle devra être extra-ordinaire. Il ne sait pas encore de quoi elle sera faite, mais, il s'en fait le vœu, elle sera hors du commun.

Nul ne sait si sa décision de remplacer Odile le matin au bureau, et surtout d'imiter sa voix pour répondre à sa place et avec une égale compétence aux correspondants téléphoniques était la première étape de son projet. Toujours est-il que, hormis Odile qui lui donna le feu vert, et Ahmed qui était son unique confident, personne ne soupçonna qu'Authon était devenu la voix matinale d'Odile.

QUATRIÈME PARTIE

L'un est l'autre

1

Le désir est naturel de connaître les origines. De savoir quand tout a commencé. Ce qui importe alors, c'est de saisir ce point précis où ce qui n'était pas encore se met à exister. Mais comment saisir l'insaisissable ? Comment ne pas risquer l'erreur, la surinterprétation ? Comment ne pas attribuer à un détail, si important soit-il, la responsabilité de ce basculement qui fait qu'une vie désormais se divise entre un avant et un après qui est aussi un avec ? Il y avait eu un avant Authon et un avec Authon dans la vie d'Odile. Et réciproquement dans celle d'Authon. C'est le privilège ordinaire de l'amour. Mais il y aurait davantage entre eux. Plus que de la passion, plus que cette complétude des amants qui les rend seuls au monde. Et cette fusion étrange, énigmatique, inquiétante qu'ils réalisèrent les dernières années de leur vie commune demeure un mystère. Ahmed fut l'unique témoin des événements. Un témoin silencieux. Qui, à part lui, aurait pu comprendre ? Qui n'aurait pas interprété la fin de l'histoire comme une impressionnante supercherie ? Surtout éviter les ragots. Ne pas donner de grain à moudre à tous ceux qui voyaient l'éloignement d'Odile et d'Authon comme une fuite. Mais qu'avaient-ils donc à cacher ces deux-là, qui paraissaient à peine aux défilés, moins encore dans les dîners en ville ou au théâtre, qui n'invitaient plus personne, ni à Paris ni au château ? On les apercevait parfois, rarement ensemble. C'était comme si l'un ou l'autre, chacun son tour, se chargeait de la corvée publique. A la fin, on ne voyait plus qu'elle. Curieux, non ? Surtout qu'elle soit restée la dernière. Plutôt fringante au demeurant. Toujours gantée, chapeautée, dans d'étranges tenues orientalisantes d'une beauté presque irréelle. On la reconnaissait de loin à ses drapés de soie rehaussés de broderies. Les mauvaises langues commentaient ses liftings – fallait-il qu'elle eût recours aux pontes de la chirurgie esthétique pour garder cette peau à la fois fine, fragile et pourtant si peu ridée ! Les plus perfides notaient que seules les mains trahissent vraiment l'âge. C'était pour cela qu'elle ne sortait plus sans gants.

Cette retraite soudaine, et qui durait, ne lui avait rien fait perdre de son aura auprès du public. Bien au contraire. Elle disait qu'elle aimait se tenir loin des fureurs du monde, et elle s'y tenait. Ses admirateurs anonymes, ses clients inconnus appréciaient qu'elle fût fidèle à sa parole. Qu'elle refusât d'être mondaine non pour se faire de la publicité, mais parce que telle était sa philosophie de la vie, son ascèse. Et même si, désormais, elle habillait plus volontiers des quadragénaires ou des quinquagénaires que ces jeunes femmes de vingt ans qu'elle avait tant aimé parer dans les années 60, ses collections demeuraient un événement.

Elle refusait les photographes. A mon âge, disait-elle, une photo vous trahit toujours ; soit elle dit le poids de vos ans, soit elle dénonce la fortune que vous avez employée à les gommer. Elle ne donnait d'interview qu'au téléphone, prétendant que parler la fatiguait, parler d'elle encore davantage. Donc, elle ne pouvait répondre à toutes leurs questions indiscrètes qu'au lit. Or, dans sa chambre à coucher, seul Authon avait le droit d'entrer. Conclusion, c'était le téléphone ou rien. Ils acceptaient le téléphone, passaient de vieilles photographies... Ils étaient parfaits.

Authon, lui, poursuivait sa carrière de décorateur avec succès. Il avait renoncé à travailler pour un certain nombre de firmes françaises, mais il avait gardé quelques contrats avec l'Italie où il se rendait régulièrement. On le voyait souvent dans les magazines italiens, les cheveux longs, retenus par un catogan. Il était plus séduisant encore, depuis que le temps avait gravé sur son visage les lignes de sa vie. Il continuait à être le maître des vitrines de la maison Odile Délie. Et l'on se bousculait quatre fois l'an pour ses levers de rideau. Mais on l'y voyait rarement en compagnie des journalistes et de quelques clients privilégiés. Odile, elle, était toujours là, fière de son amant, fière de ses modèles. Détendue. Lointaine. Une star, écrivait-on dans la presse. Une star...

Ahmed ne cessait de s'interroger. Quand tout cela avait-il commencé ? Et d'abord, y avait-il eu un vrai commencement ? Il avait fini par admettre que même si les prémices de ces transformations, de ces bouleversements s'enracinaient dans un lointain passé qui remontait sans doute à la première ou à la deuxième rencontre d'Odile et d'Authon, « même si nous ne devenons jamais que ce que nous sommes, parfois sans le savoir », se répétait-il, il y avait eu un jour précis où Odile et Authon avaient décidé de franchir le cap. Et ce jour, il le situait plus ou moins à l'automne 81. Odile avait alors soixante-quinze ans. Elle était rayonnante et en paraissait dix ou quinze de moins. Elle avait admirablement surmonté ses problèmes de santé en prenant quelques distances avec le milieu. Elle s'accordait des pauses, des séjours toniques et reposants au bord de mers froides ou chaudes, suivant son humeur. Elle habitait de plus en plus souvent le château, et n'accompagnait plus systématiquement Authon dans ses voyages de travail. Elle s'était mise à lire avec enthousiasme. Elle avait un faible pour Proust dont les longues descriptions voluptueuses lui faisaient éprouver un plaisir semblable à celui qu'elle prenait enfant à effleurer de la pulpe des doigts les pièces de soie que brodait sa mère. Elle aimait les frissons que réveillait le tissu rugueux et doux sur sa peau. Elle ressentait ce même sentiment de nudité et de volupté, cette même jouissance pure, à laisser couler dans son corps les phrases rythmées, tortueuses, haletantes de l'écrivain.

Authon, lui, portait ses quarante-cinq ans avec ce charme particulier des hommes qui n'ont aucun désir de paraître plus jeunes. Il était beau, moins éclatant qu'il ne l'avait été. Il avait perdu en lumière ce qu'il avait gagné en stature. Il occupait l'espace d'une autre manière, plus mystérieuse, plus dérangeante. Au milieu d'un groupe, on ne le remarquait plus immédiatement comme avant, mais lorsqu'on finissait par le voir, on ne voyait plus que lui. Ahmed disait à son propos qu'il avait acquis des certitudes et que, partant, sa place dans l'espace en avait été changée.

— Tu étais un ange de Raphaël, te voilà un Tolédan du Greco, lui avait-il déclaré un jour.

Il avait ce regard profond des mystiques qui brûlent d'un amour si grand, si total qu'il n'est pas un humain pour en comprendre l'ampleur.

Le couple travaillait, voyageait. Ahmed venait faire « sa retraite » chez eux. Odile lui avait fait installer un petit atelier dans l'un des débarras du jardinier que plus personne n'utilisait depuis la construction des nouvelles serres. Il y laissait toujours quelques toiles inachevées. Ce qui, dans son langage silencieux, signifiait au revoir ou à suivre. Et on le revoyait ainsi trois, quatre, parfois cinq fois l'an, pour des séjours plus ou moins prolongés. Ahmed travaillait de nouvelles matières, des sables, des résines, des fibres végétales. Ses toiles ne cessaient de grandir, comme si sa soif de peindre était devenue inextinguible.

C'est en novembre 81, de retour d'un long séjour aux États-Unis qui l'avait conduit de New York jusqu'à la frontière mexicaine, qu'Ahmed, faisant une courte pause au château, eut le sentiment que quelque chose avait changé chez ses amis.

Le parc était somptueux. L'été s'était prolongé sans pluie jusqu'à la fin octobre, et les arbres flamboyaient de rouges, ors, ocres répondant ton pour ton aux massifs de dahlias et de chrysanthèmes. Ahmed avait regretté de ne pas pouvoir se laisser séduire par autant de couleurs, mais il avait entrepris un travail sur les beiges et les blancs. Sa prochaine exposition s'appellerait « Sables et déserts ». On avait ri, bu. Beaucoup bu en réalité. Il était très tard, et il était un peu ivre lorsqu'il avait eu l'impression d'entendre la voix d'Odile sortant de la bouche d'Authon. Celui-ci, couché sur le canapé, la tête calée sur les genoux de sa maîtresse, dissertait sur l'art de la broderie au Maghreb. Il parlait sans emphase, sur le ton précis qu'employait Odile pour s'adresser aux journalistes. Il s'exprimait avec tant de sérieux et de conviction qu'Ahmed, qui scrutait la bouche immobile de la styliste, n'arrivait pas tout à fait à comprendre que c'était Authon qui dissertait ainsi avec naturel. Odile gardait les yeux clos. Elle avait l'air de dormir. Du reste, il était vraiment temps de se coucher. Et c'est avec sa vraie voix qu'Authon proposa qu'« on file tous au lit ».

Le lendemain matin, Ahmed qui prenait son café à la cuisine en compagnie d'Authon se persuada d'avoir rêvé la scène du canapé. Pourtant, un malaise persistait. Il savait qu'Authon avait répondu souvent au téléphone à la place d'Odile pour écarter les gêneurs. Mais le souvenir qu'il gardait de la nuit précédente, certes troublé par l'alcool, n'était en rien celui d'une amusante supercherie. Plus il y pensait, plus il en était convaincu. Authon n'avait pas imité Odile, il avait été Odile pendant les quelques minutes qu'avait duré son monologue.

2

Ahmed est resté cinq jours au château. Et mise à part cette étrange première soirée, il n'a rien noté de particulier dans le comportement du couple dont la sérénité a toujours sur lui des vertus apaisantes. A tel point qu'il s'est demandé si, le vin et le whisky aidant, cette métamorphose de la voix d'Authon n'était pas une pure chimère.

Il a passé trois jours à lire et à rêvasser dans la bibliothèque. Il a emprunté un vélo à Authon et s'est promené dans la vallée de la Juine jusqu'à Méréville. Il se sentait détendu et dans l'attente. A Odile qui l'interrogeait sur ses œuvres, il a dit :

– J'espère l'inspiration, mais je la sens venir. C'est ici près de vous deux que j'éprouve le mieux ce sentiment de l'imminence de quelque chose que j'appelle inspiration à défaut de mieux.

Le quatrième jour, il s'est enfermé dans son atelier. Il y a retrouvé deux toiles inachevées. Mais il n'a pas eu envie de poursuivre ce travail-là. Il verrait plus tard. Il s'est senti happé par une autre urgence. Aussi a-t-il monté une toile vierge sur un nouveau cadre. Il a déballé ses réserves de sables ramassés sur des plages et dans les déserts du monde. Sable corail et sable vert d'Irlande, sable noir du Brésil, sable rouge du désert mexicain, sable blanc de l'île Maurice, sable jaune de Tunisie… Chaque grain de sable lui raconte une histoire. Celle du vent qui le battait, le roulait, le soulevait avant qu'il n'échoue dans ces pots de verre. Chaque vent a sa propre voix. Sifflante et légère sur les rives des mers du Sud ; cinglante, hurlante dans les déserts.

Du plus loin qu'il se souvienne, Ahmed a toujours aimé le vent. Parce qu'il est insaisissable et puissant. Le vent sèche l'eau, réduit les pierres, ronge et sculpte les paysages, attise le feu, déchaîne la mer... Enfant, il s'échappait de chez lui dès que le vent couchait les branches basses des oliviers et soulevait des nuages de poussière jaune. Il courait jusqu'à la mer et là, transi et émerveillé, il se laissait bercer par le raffut des vagues.

C'est tout cela qu'il voudrait fixer aujourd'hui sur la toile. La fureur du vent, et le calme qui précède les tempêtes, la douceur de la brise dans les branches des pins parasols, l'air humide et doux qui vient de la mer et qui sent le sel, les algues et le sexe des femmes. Il voudrait représenter le vent qui n'est ni mâle ni femelle, qui est l'un et l'autre, tour à tour et parfois simultanément.

A genoux, le corps penché au-dessus de la toile qu'il vient d'enduire de colle et qu'il a posée à même le sol, Ahmed projette des poignées ou des pincées de sables multicolores. Il souffle sur les grains pour les orienter, pour détourner leur trajectoire. Il agite la toile. Étrange paysage que celui qui peu à peu se dessine. Ahmed pense à ces photos prises de très haut dans le ciel, où les lignes disparaissent, où les couleurs seules définissent les formes. A présent, avec le corps d'un stylo vidé de sa bille qu'il utilise comme une sarbacane, il projette des sables d'autres provenances, plus lourds, criblés d'éclats de mica et de cristaux transparents. Sa toile évoque de plus en plus un paysage désertique. Avec des grandes ondes concentriques, des crêtes arasées.

Ahmed travaille des heures, il est tout entier dans son geste de créateur, tout entier dans cette écoute intérieure qui lui fait entendre des sons oubliés. Maintenant, il a recours à la couleur qu'il applique directement des tubes. Des noirs, des ocres, des bruns. Couleurs de terres plus grasses, plus lourdes qui, telles les voix basses d'un chœur, viennent répondre à la légèreté des voix féminines. Le paysage se transforme, s'illumine. Quelque chose de l'ordre de l'harmonie s'installe. Les gestes d'Ahmed ont perdu de leur fièvre, de leur violence. L'ombre envahit la pièce, mais le peintre ne va pas allumer les lampes. L'ombre l'apaise. Et, lorsqu'il entend un pas sur le chemin de gravier qui longe l'atelier, il ne bouge pas davantage. Est-ce Authon ? Est-ce Odile ? Il ne saurait le dire. Le pas qui se rapproche est comme le vent, pense-t-il, il n'a pas de sexe.

Le charme de la création est rompu. L'oreille tendue, il essaye de deviner l'identité du visiteur qui, ne voyant pas de lumière, ou par un accès soudain de discrétion, fait demi-tour et repart en direction du château. Quand Ahmed est enfin sûr que personne ne viendra frapper à sa porte, il se lève. Ses jambes sont ankylosées. Il est à genoux depuis plus de quatre heures. Et c'est en boitillant qu'il va vers la fenêtre pour voir qui de ses amis n'a pas osé entrer. La nuit n'est pas tout à fait tombée, mais elle est très proche. Le ciel est d'un mauve clair mâtiné de rose. Il pense « vent ou pluie », c'est ce qu'on dit chez lui, de l'autre côté de la Méditerranée lorsque le crépuscule vire au rouge. Derrière un buisson de buis taillé en boule, il aperçoit une silhouette qui s'éloigne. La grande robe claire – une sorte de djellaba – pourrait aussi bien appartenir à Authon qu'à Odile. Les cheveux sont tirés, chignon ou catogan ? Et le pas est léger, gracieux. Rien d'ici dans cette lumière d'entre chien et loup, non rien ne lui permet de dire s'il s'agit d'Odile ou d'Authon. Le trouble qu'il a éprouvé le soir de son arrivée l'effleure à nouveau. Il l'écarte aussitôt. Il ne va tout de même pas se mettre à croire aux fantômes. Cette idée l'amuse. Il se souvient de ces femmes voilées qui, la nuit, sortaient de chez elles semblables à des revenants pour aller rejoindre des hommes qui les guettaient dans l'ombre. Enfant, il les observait avec crainte derrière les rideaux tirés. Il avait mis longtemps à se rendre compte qu'il ne s'agissait là que de femmes amoureuses, vénales ou infidèles qui allaient retrouver en cachette des amants, et non des djinns à la recherche de gamins désobéissants, comme le lui disait Aïcha, sa nounou. Il n'est rien de mieux que la peur pour vous empêcher de voir la réalité… La peur, mais aussi la myopie et la nuit tombante. Il se sent un peu honteux de ne pas avoir hélé celui de ses amis venu le visiter. Il s'est comporté pire qu'un sale gosse qui se cache des grands. Alors, pour effacer tout cela, le trouble, la honte, les scrupules, il allume la lumière, examine sa toile avec attention. Regard tour à tour critique, interrogatif. Grattement d'ongle pour faire disparaître quelques petits agrégats involontaires de matière. Lissage de surface du bout d'un doigt mouillé de salive. Puis, d'un geste machinal, il retourne la toile et, avec un crayon de charpentier, il écrit sans hésiter, sans y penser – écriture automatique, se dira-t-il plus tard : « Pour Odilauthon, ces voix hermaphrodites des vents du sable. » Enfin, il retourne la toile et signe de son seul prénom : Ahmed.

Le lendemain matin, juste après le petit déjeuner et avant de reprendre la route pour Paris, il déposera la toile sur la table basse du salon. C'est sa manière à lui de leur dire merci.

3

L'hiver 82 avait été froid. Il avait gelé si fort que la route du château était restée impraticable pendant une journée entière. Les autocars de ramassage scolaire n'avaient pas pu sortir des garages. Et les enfants, trop heureux de ce contretemps, avaient fait la glissade sur tous les chemins verglacés du voisinage. Calfeutrés chez eux, Odile et Authon avaient entendu leurs rires et leurs cris, et l'envie leur était venue de partir pour ces pays du soleil et de la Méditerranée où les gamins traînent tard dans les rues.

Même s'il n'avait guère joué dans les rues de Nîmes – les temps n'étaient pas faciles pour un enfant juif –, Authon avait gardé le souvenir enchanté de ces soirées torrides d'été où ses tantes lui permettaient d'aller rejoindre les joueurs de billes sur le trottoir d'en face. La petite bande des garçons qui se réunissaient là était autrement plus hardie que lui. Avec ses culottes et ses polos anglais, il se sentait un peu ridicule face à leurs tenues rapiécées et si souvent lavées qu'on n'en distinguait plus la couleur. Mais ils n'avaient pas l'air de se moquer de sa gueule de garçon de bonne famille. En y repensant, il s'était dit que cette différence qu'il éprouvait très fort ne leur était sans doute pas perceptible. Il y avait chez lui quelque chose du caméléon.

Plus tard, en Tunisie, en Espagne, il avait retrouvé cette ambiance des rues de son enfance. Et, comme jadis lorsqu'il n'avait pas encore le droit de descendre jouer avec les gamins, il avait éprouvé un petit pincement d'envie. Jamais il n'avait été, jamais il ne serait tout à fait comme les autres. Il garderait au fond de lui le souvenir d'un petit garçon qui regarde un monde interdit et joyeux derrière les vitres closes de sa fenêtre. En devenant décorateur et créateur de vitrines, il avait cherché à rétablir l'équilibre. Il avait rendu le spectacle de la fenêtre enchanteur et transformé le passant du pavé parisien, milanais, vénitien, new-yorkais, en petit voyeur prisonnier d'une vitre... Désormais, il était des deux côtés de la glace.

Authon avait été tiré de sa rêverie par la sonnerie du téléphone. C'était Ahmed. Il appelait de Tozeur où il était de passage pour réceptionner les travaux de la maison familiale dont il avait hérité quatre mois plus tôt, à la mort de son père. Il leur proposait de venir passer quelques jours dans ce petit paradis, à l'orée de la palmeraie. Jasmina et Mohammed son mari seraient là pour les accueillir et les servir. Le couple de vieux domestiques faisait partie de la famille. Jasmina avait à peine dix ans lorsqu'elle était entrée au service des grands-parents d'Ahmed. Celui-ci l'aimait comme une tante tendre que l'on retrouve aux vacances et qui vous dit son affection en vous bourrant de gourmandises et d'histoires extraordinaires. Car Jasmina savait et aimait raconter des histoires de son cru, un mélange de légendes anciennes et de faits divers dont les héros étaient toujours des enfants, des princesses arrachées à leur père et des hommes du désert. Elle berçait ses jeunes auditeurs de sa voix chantante et hypnotique. Les parents d'Ahmed disaient qu'elle était un peu sorcière et voyait à travers les murs.

– Vous l'adorerez, j'en suis certain, avait conclu Ahmed.

Dix jours plus tard, Odile et Authon avaient débarqué à Tozeur. Mohammed était venu les chercher à l'aéroport. Ahmed, lui, était parti pour la Suède *via* Tunis. Une galerie de Stockholm avait organisé une exposition rétrospective de ses œuvres.

La maison était à la hauteur des descriptions de leur ami. Vaste et intime, avec de grandes salles couvertes de carreaux de faïence aux dominantes bleues, des salons confortables couverts de tapis et de coussins. Le jardin ouvrait directement sur la palmeraie, et rien dans cette luxuriance ne laissait deviner qu'on était aux portes du désert.

Jasmina était une petite vieille toute ridée avec des yeux rieurs bordés de khôl et le regard de mica et de mercure des enfants de là-bas. Elle parlait un français soigné dont elle était visiblement fière. Elle s'adressait plus volontiers à Odile qu'à Authon, avec cette complicité native des femmes du Sud. A aucun moment, elle n'avait manifesté le moindre étonnement ou la plus petite gêne devant ce couple étrange. Ici, les femmes enfants épousent des vieux et pas le contraire, mais il faut de tout pour faire un monde… Cette pensée-là, bien sûr, elle ne l'avait jamais exprimée ainsi. Mais Odile qui était fine lisait dans le sourire malicieux de la vieille femme son étonnement et son indulgence.

Il ne reste aucune trace écrite ni photographique de cette semaine qui, semble-t-il, fut en tout point conforme aux prévisions d'Ahmed et à leurs propres espérances. D'après les témoignages de leurs collaborateurs, ils rentrèrent en grande forme à Paris. En réalité, lesdits collaborateurs n'avaient vu qu'Odile. Authon, lui, n'était pas passé tout de suite aux ateliers et au magasin. Interrogée sur l'absence prolongée de son amant – une bonne dizaine de jours au minimum –, Odile aurait dit qu'il était reparti aussitôt pour l'Italie où il préparait une exposition sur la mode française. Était-ce vrai ? Était-ce un pieux mensonge ? Ladite exposition n'eut jamais lieu.

Cependant, personne dans l'entourage d'Odile ne se formalisa de cette fausse information. Authon allait là où ça lui chantait. Beau garçon comme il était, cela n'étonnait personne qu'il pût mentir à sa vieille maîtresse. Il lui avait sans doute raconté des salades. Pas de quoi en faire tout un plat. On lui prêtait volontiers des aventures ailleurs. D'aucuns les imaginaient même masculines. N'avait-on pas observé que ce garçon – la quarantaine tout de même ! – se féminisait en vieillissant. Oh ! rien de très visible ni de très choquant. Une manière de parler en articulant outrageusement – comme Odile du reste –, certains gestes, sa façon de se passer la main dans les cheveux... Enfin, oui, pas grand-chose, mais tout de même... Et d'abord n'était-il pas beau de cette beauté inaccessible de certains homosexuels ?

Les ragots n'allaient jamais au-delà. Tout le monde, dans le fond, jalousait un peu la longévité d'un couple à la fois si assorti et si peu conventionnel. Les nouveaux venus dans la société Odile Délie S. A. qui gérait l'ensemble de l'entreprise – couture, parfums, prêt-à-porter, bijoux et dérivés – ignoraient l'âge exact de leur patronne à qui ils donnaient cinquante-cinquante-cinq ans environ lorsqu'elle en avait presque vingt de plus. Ils regardaient Authon entre admiration et mépris.

La vie ordinaire – préparation de collections, rencontre de fournisseurs, études diverses de tissus, couleurs, matières nouvelles pour accessoires –, la routine en somme, avait repris ses droits. La fin mars était toujours une période de coup de feu. Chacun vaquait à ses occupations. Les week-ends au château étaient le seul moment de détente. Plus personne désormais ne venait se joindre à eux. Le temps des fêtes était terminé. Pas seulement pour eux. Parmi les relations d'Odile et Authon on se racontait les folles mille et une nuits des années passées comme d'autres racontent leurs exploits guerriers ou amoureux. Des sanglots dans la voix et la nostalgie à fleur de peau.

Ahmed, lui, de retour de Suède, était repassé à Tozeur pour s'y reposer quelques jours. Peut-être aussi pour apprendre de la bouche de Jasmina des détails sur le séjour de ses amis. Ces derniers l'avaient remercié tant au téléphone que par lettre, cependant ils étaient restés discrets sur le séjour lui-même. Mais n'étaient-ils pas toujours ainsi ? Discrets, chaleureux, secrets ?

Depuis l'étrange soirée au château, Ahmed s'en voulait de ne plus se sentir tout à fait à l'aise avec eux. Il avait beau se dire qu'une amitié vieille de trente ans résiste à tous les doutes, il n'en demeurait pas moins inquiet sur le devenir du couple.

Jasmina était si heureuse qu'il vienne à son tour se faire chouchouter par elle. Il était son fils, n'est-ce pas ? Son dernier fils. Son préféré. Elle n'avait eu que trois filles qui toutes avaient quitté le Sud pour Tunis. L'une d'elles habitait en France et travaillait pour le tourisme tunisien à Paris. Elle les voyait peu, et n'aimait pas beaucoup parler d'elles. Dans le fond, elle s'était sentie trahie par ces filles qui avaient rompu si tôt avec la tradition.

Le vieux couple de serviteurs l'avait laissé s'installer et trouver ses marques pendant deux jours. Indispensable, ce repos. Et ce n'est que le troisième jour, à l'heure de la sieste, que Jasmina était venue s'asseoir près de lui au salon. Ils avaient bu du thé à la menthe, bavardé à vide un long moment. Elle était toujours ainsi, n'allant jamais droit au but. Il s'amusait de ses tours et détours. S'inquiétait aussi. Plus elle se perdait en digressions, plus ce qu'elle avait à dire était difficile à entendre.

— Nous avons beaucoup aimé tes amis, moi surtout, Mohammed, tu sais, il est vieux jeu.

Il y avait de la réticence dans l'air. Ahmed ne dit rien, attendit.

— Tu sais, il a été choqué parce que le garçon, ce n'était pas tout à fait un garçon. Tu comprends ?

Non, il ne comprenait pas.

— Enfin, tu sais bien, non ? Ce sont tes amis. Voyons, mon petit, ne me prends pas pour une vieille folle. Tu sais bien qu'ils sont étranges, enfin pas comme Allah nous a faits... Un jour, la femme qui était partie avec Mohammed pour aller chiner dans les souks est sortie de sa chambre alors que je faisais le ménage. Je savais qu'elle était partie. Je l'ai vue partir. Normalement, c'est lui qui aurait dû être dans la maison. Mais non, c'était encore elle. Et ne me demande pas qui est sorti faire des courses et qui est resté. Les deux femmes étaient complètement les mêmes. Et à partir de ce moment-là, je n'ai jamais pu savoir si c'était la vraie ou la fausse femme que je voyais assise sur les coussins en train de lire ou de dessiner, qui s'installait au soleil sur un transat dans le jardin, ou qui partait marcher sur la petite route qui longe la palmeraie.

« Ce que je sais, c'est que plus les jours passaient, moins je voyais l'homme. Comme s'il s'était volatilisé. Au début, il venait dîner habillé en homme. A la fin, il m'est arrivé à trois reprises de servir les deux femmes. Identiques. Même la voix. Parfaitement identiques. Ils m'ont fait peur, fils, tes amis. Quand Mohammed les a ramenés à l'aéroport, ils étaient normaux, un couple, un homme, beau du reste, et une femme, belle aussi. Ils avaient l'air parfaitement heureux.

4

A la suite de son exposition du printemps 83 à Stockholm, Ahmed a reçu plusieurs offres émanant de galeries américaines et japonaises. Il a alors partagé son temps entre son atelier tunisien de Sidi-Bou-Saïd – il y poursuit son travail sur les « paysages intérieurs - paysages imaginaires » – et les lieux où l'on expose ses œuvres : New York, Los Angeles, Montréal, Tokyo. Il appelle régulièrement Authon et Odile sans être très sûr de l'identité de l'interlocuteur qu'il a au bout du fil. Les trois amis ne se sont pas vus depuis le séjour du couple à Tozeur, et jamais Ahmed n'a osé interroger son vieux copain sur ce qu'il appelle, faute de mieux, ses métamorphoses. Dans le fond, il se sent gêné d'éprouver un tel malaise à l'égard de celui qu'il considère comme un frère. Il n'arrive pas à comprendre ce qui, dans le duo si harmonieux et si insolite qu'il forme avec Odile, l'a conduit à épouser la cause d'Odile au point de renoncer, par intermittence semble-t-il, à sa propre intégrité physique. Il se répète le vers d'Aragon : « Aimer à perdre la raison », mais il ne parvient pas à se convaincre que cet amour du poète puisse s'appliquer au pied de la lettre. Certes, il sait dans sa chair que la passion physique, le désir de l'autre, conduit l'amant à vouloir aller au plus profond de celui qu'il pénètre. Se glisser dans sa peau, se perdre dans son corps. Mais ce désir si fort s'apaise puis s'éteint lorsque les peaux et les sexes se séparent. L'arithmétique de l'amour est capricieuse : un plus un ne font un que dans l'extase et la jouissance.

Quand il pense à sa vie amoureuse, Ahmed sent bien qu'elle est incomplète, égoïste, limitée. Il a atteint un âge où il sait que la solitude est proche. Qu'en tout cas, elle sera son lot. A-t-il jamais aimé quelqu'un d'amour ? Amoureux. C'est cela, il a été amoureux. Mais il ignore tout – et veut tout ignorer – de la vie à deux, de la longévité, de la constance. Non, il n'est pas infidèle. L'infidélité, la vraie, c'est se tromper soi-même. C'est faire semblant d'être celui qu'on n'est pas pour séduire quelqu'un qui ne sera que de passage. Mais multiplier les rencontres, se laisser porter par le désir et l'instant n'est plus tout à fait aussi amusant qu'avant. Si proche soit-il d'Authon – tant sur un plan éthique qu'esthétique –, Ahmed sait qu'il aurait été incapable de rencontrer une Odile, incapable de l'aimer une vie entière, incapable d'en perdre la raison, incapable de renoncer à son identité.

Plus le temps passe, plus Ahmed craint de revoir ses amis. Il ne sait pas quelle attitude adopter à leur égard. Sans doute ont-ils compris que la vieille Jasmina lui a tout raconté. Mais comment imaginer que cela puisse les gêner ? Animés par une telle crainte, ils auraient renoncé soit au séjour, soit à ces transformations choquantes en sa présence. Lorsqu'il parle avec Odile ou Authon (comment savoir ?) au téléphone, il n'oublie jamais ce qui s'est passé à Tozeur ; cependant, comme il ne croise que leur voix, pas leur regard, il peut prendre un ton naturel, feindre la légèreté. Mais il n'est pas sûr de pouvoir affronter leurs yeux. Il se sent comme un enfant découvrant par inadvertance que ses parents font l'amour. Il ne comprend pas. Il ne veut pas, ne peut pas comprendre. Il est choqué. Choqué, lui !...

Pourtant, lorsque Authon lui fait signe, en novembre 84, l'invitant à venir célébrer avec eux les fêtes de fin d'année au château, il ne se dérobe pas. Il est même soulagé que ce soit lui qui fasse le premier pas. Oui, il ira passer la semaine entre Noël et le jour de l'an dans la vallée de la Juine, en famille. C'est lui, Ahmed, qui a dit « en famille ». Et c'est exactement le fond de sa pensée. Ils sont sa famille. Et l'on est toujours plus exigeant, plus sévère, moins souple avec sa famille qu'avec des amis, fussent-ils intimes. Adolescent, il n'aimait pas que sa mère qui, en femme militante, refusait de porter le voile se maquille à l'occidentale, alors qu'il collectionnait dans ses tiroirs des photographies d'actrices célèbres aux lèvres écarlates et aux yeux charbonneux. Mais c'était sa mère, voilà tout.

Il a loué une voiture à l'aéroport pour rejoindre le château. Il prend les chemins buissonniers, évite les grandes routes et surtout les autoroutes. Il a tout son temps. Il aime se perdre sous le ciel gris d'Ile-de-France. En réalité, il retarde l'heure de la rencontre. La pluie et un vague brouillard estompent les contours du paysage. Sans trop savoir comment, il se retrouve devant un panneau routier indiquant : AUTHON-LA-PLAINE, 3 KMS. Il est si souvent allé chez ses amis, il sait que le surnom d'Authon lui vient d'un village de Beauce, et pourtant à ce jour il ne l'avait jamais visité, ni aperçu. Il décide de faire le détour par Authon. Les longs et austères murs d'enceinte d'une ferme flottent à l'horizon au-dessus de champs immenses et détrempés que survolent quelques corbeaux. On dirait un mirage. Il va jusqu'au village dont les rues désertes le persuadent qu'il n'y a rien à voir. Il s'arrête un instant. La pluie s'intensifie et crépite sur l'asphalte en faisant des bulles boueuses qui crèvent en chuintant. Il repart, finit par rejoindre la vallée de la Juine par Étampes. Sacré détour ! Lorsqu'il arrive enfin, il se sent vidé. Il dira à ses amis qui lisent cette fatigue sur son visage tendu, mal rasé :

— C'est le décalage horaire. Une bonne nuit et ça repart.

Il sait que son ton est un rien outré, sa bonne humeur, surfaite. Il les regarde l'un et l'autre, avec crainte et tendresse, à l'affût d'il ne sait quel signe particulier. Il doit bien reconnaître qu'en apparence ils n'ont pas vraiment changé. Un peu vieilli, ni plus ni moins que lui-même. Ils ont cette petite flamme, cette gaieté au fond du regard, des gens qui s'aiment. Ils sont heureux de l'accueillir pour une vraie semaine. Après le dîner, ils ne prolongent pas la soirée. Ahmed est vraiment épuisé et sombre très vite dans un sommeil comateux, troué de rêves. Il voit des mains qui se tendent vers lui. Des mains identiques. Des mains de femme aux ongles soignés, sans vernis. Puis ces mains gracieuses, peu à peu, se cachent sous des gants. Ce sont les mêmes que celles qui se tendaient nues vers lui au début du rêve, et pourtant elles lui semblent plus grandes, plus longues. Les gants sont fins et de couleur claire, en voile transparent, en dentelle. Ils habillent la main sans parvenir à en dissimuler la forme. Les mains gantées s'agitent comme celles de majorettes lors des défilés américains, elles dansent. Et juste au moment où elles saluent, où il sait qu'elles vont disparaître, il entend une voix neutre et bien timbrée qui dit : « Mains travesties. » C'est toujours à ce moment-là qu'il se réveille. Il n'arrive pas à aller plus loin, ni à écarter ces mains qui sans cesse reviennent et recommencent leur jeu. Il est prisonnier de son rêve.

Lorsqu'il descend à la cuisine pour y boire le premier café noir du matin, il ne croise que la bonne, visiblement nouvelle. En tout cas, il ne l'a jamais vue. Elle lui dit que madame est dans son boudoir et que monsieur est sorti faire des courses. Le café l'attend au chaud. Il y a des croissants frais dans la corbeille. Dehors, le brouillard est si dense que l'on ne voit pas la cime du cèdre pourtant tout proche. La pluie ne tombe plus, on la dirait suspendue dans le vide, en attente.

Authon a laissé traîner *Le Monde* de la veille sur la

table près du couvert destiné à son ami. Il connaît ses rites de réveil. Ahmed le feuillette d'un air distrait. Il n'a vraiment pas assez dormi. Le café dont il boit la troisième tasse ne parvient pas à le tirer de son brouillard intérieur. Et lorsque Authon entre dans la pièce, il s'en faut de peu qu'il ne laisse tomber la tasse qu'il tenait près de sa bouche. Authon est vêtu d'un long manteau noir qu'Ahmed a déjà vu sur Odile, et d'un feutre de la même teinte. La fraîcheur extérieure a coloré ses joues qui, ainsi, ont l'air discrètement maquillées. Il porte des gants de femme, en cuir très fin de couleur caramel avec des broderies et des incrustations de cuir noir sur la tige. Il sourit, heureux, détendu. Il se débarrasse de son manteau, de son feutre qu'il jette sur une chaise.

— Je t'ai fait peur ? demande-t-il en se servant à son tour une tasse de café.

Il a gardé ses gants. Ahmed ne voit que ça : il a gardé ses gants. Et devant le regard insistant de son ami, Authon agite ses mains en riant.

— Oh ! C'est ça que tu regardes ? C'est une habitude, c'est ma seconde peau.

Il a semblé à Ahmed, mais il ne le jurerait pas, qu'en disant la fin de la phrase : « c'est ma seconde peau », Authon avait la voix d'Odile.

5

Ahmed n'oubliera jamais la soirée du 31 décembre 1984. Elle marque pour lui la fin d'un monde, la fin de sa jeunesse, et le commencement d'une autre vie dont il se demandera longtemps si elle n'a été qu'un tissu de pieux mensonges ou le témoignage pur de son amitié. Aurait-il pu empêcher les événements qui allaient suivre ? Avait-il eu la moindre chance de faire dévier le cours du destin ? Avec le temps, il avait fini par accepter l'idée que rien ni personne ne pouvait intervenir dans les projets fous d'Odile et d'Authon. Ils l'avaient choisi pour témoin d'abord, pour unique témoin. Ensuite, ils lui avaient fait tenir un rôle. Puisqu'il était leur ami, il serait celui par lequel passerait le récit officiel de leur histoire. C'est lui qui répandrait la triste nouvelle. Lui qui resterait fidèle au château et à ses occupants, lui qui veillerait aux funérailles…

Non, la fin n'est pas si proche qu'il faille accélérer le rythme. Surtout ne pas brûler les étapes. Tout récit est un voyage dont il faut respecter le cours. Et qu'importe le bout du chemin ? Avec le temps, toutes les issues sont fatales. Rendre compte de la durée, de l'enchaînement logique de cette histoire insensée et néanmoins réelle. Et pour cela, accepter la douleur du souvenir extirpé et qui résiste. L'envie est grande de ne pas revivre cela encore une fois… Mais il le faut pourtant, la paix est à ce prix.

Alors Ahmed, le peintre reconnu dont l'œuvre est désormais exposé dans les grands musées du monde, décide de reprendre calmement le cours de son récit. Il a déjà raconté, ressassé, cette histoire-là dans ses toiles. Mais il a menti lorsqu'on l'a interrogé sur ces personnages étranges et inquiétants qui, dès 1985, ont envahi ses tableaux. La critique a parlé d'un bouleversement de l'esthétique du peintre, d'une révolution de son univers pictural. Et mis à part quelques inconditionnels de sa manière précédente, les « œuvres avec fantômes » – c'est le titre qu'il a choisi lui-même – ont été accueillies avec enthousiasme. Mais le succès n'est rien face à ce tourment qui le mine plus encore depuis qu'Odile et Authon ne sont plus. Il doit laisser une trace intelligible pour que la vérité éclate. Il sait au fond de son cœur qu'elle est cent fois, mille fois plus belle que les mensonges qu'il a dû colporter pour garder le terrible et merveilleux secret du couple.

*

Il n'avait pas cessé de pleuvoir durant la dernière semaine de l'année 84. Pour le réveillon de Noël, ils avaient invité les collaborateurs de la société Odile Délie S. A. Une vingtaine de personnes qu'Ahmed connaissait peu ou prou. Sympathique soirée, sans plus. Fastueuse, comme il se doit en ces fins d'année où champagne, caviar et strass font bon ménage. Les maîtres des lieux avaient choisi la simplicité et revêtu tous deux le même smoking bleu nuit sur la même chemise blanche à col dur et cravate blanche. Odile avait chaussé des talons hauts et larges, et elle avait ainsi sensiblement la même taille que son compagnon. Elle portait un chignon bas ; lui avait noué comme à son habitude ses cheveux en catogan. Et, la lumière très douce et tamisée aidant, il n'échappait à personne qu'ils se ressemblaient. Le directeur financier qui avait bu plus que de raison s'était même permis une réflexion du genre : « A quand votre numéro de duettistes et de prestidigitation ? » Sa ronde épouse en fourreau de lamé noir et argent l'avait fusillé du regard. Les autres avaient souri pour faire bonne mesure. Personne n'avait insisté, sans doute par crainte que ne surgisse dans la chaleur communicative du banquet une quelconque allusion à la prétendue homosexualité de l'amant de madame dont jasait le petit personnel féminin de l'atelier.

Odile s'était retirée la première vers une heure du matin. A son âge, il ne fallait pas tenter le diable, avait-elle dit en guise d'adieu. Les invités étaient restés jusqu'à deux-trois heures. Puis tout le monde, hormis Ahmed, avait repris sa voiture et la route de Paris.

Authon avait retenu son copain pour un dernier verre, et celui-ci s'était laissé faire, trop heureux de le retrouver seul et disponible comme au bon vieux temps de Montpellier. Ils étaient passés dans la cuisine et avaient pris place sur les tabourets. Ils finissaient une bouteille de champagne et commentaient vaguement la soirée. Authon avait tombé la veste, défait le nœud de sa cravate et déboutonné son col. Ainsi, pâle sous la lumière crue de la cuisine, il ressemblait à un héros de roman russe sortant indemne, mais éprouvé, d'un duel difficile. Ahmed lui en fit la remarque. Oui, c'était un peu cela. Il sortait d'un duel sans épée et sans pistolet contre un certain nombre d'adversaires, dont le plus acharné n'était autre que lui-même. Étrange réponse, avait rétorqué Ahmed. Authon avait souri d'un air las.

— Dans quelques jours, tu comprendras. Pour l'instant, il est encore trop tôt.

Puis, il avait parlé d'autre chose. Il s'était moqué de quelques convives, avait imité le langage châtié du financier. Ils avaient ri. Pourtant, il n'y avait aucune gaieté dans leurs rires. Au fond de la bouteille traînait une vieille tristesse, une amère nostalgie. Lorsqu'ils s'étaient quittés vers quatre heures, la pluie redoublait de violence. Authon avait pris Ahmed par les épaules et l'avait serré très fort. Il n'avait pas prononcé le moindre mot, pourtant Ahmed avait éprouvé le sentiment que cette accolade était un adieu.

A part la journée du 25 qui fut en tout point sinistre – ils avaient trop bu, trop fumé, trop veillé et en plus le ciel était au déluge –, le reste de la semaine se déroula sans histoire. Cependant, plus on approchait du 31, plus Ahmed sentait croître une tension dont il se demandait si elle émanait de lui ou des deux autres. Il avait passé pas mal de temps dans son atelier, la cabane aménagée du jardinier, mais n'était arrivé à rien. La fatigue, sans doute, avait répondu Authon à qui il s'était ouvert de son « impuissance créatrice ». Ils avaient plaisanté sur l'expression à coup sûr pompeuse qu'avait employée Ahmed plus par autodérision que par opposition à ce qu'il définirait chez lui comme étant une puissance créatrice. Oui, il était fatigué. Il aurait pu ajouter « et inquiet », mais il ne le fit pas.

Authon protégeait beaucoup Odile qui manifestait de sérieux signes de faiblesse. Elle avait des vertiges, disait-elle, sans autre commentaire. Elle prenait des pilules à tous les repas. Ahmed remarqua que ses mains tremblaient et que parfois, à la lumière terne de ces jours de grisaille, elle faisait vraiment son âge. Puis le soir tombait, on allumait les lumières veloutées du salon ou de la salle à manger, et elle redevenait la femme d'à peine soixante ans encore rayonnante sous la poudre légère qui ombrait ses joues lisses. Odile se métamorphosait en douceur.

Puis vint la fameuse soirée du 31. Authon lui annonça qu'ils ne seraient que tous les trois. On dînerait assez tôt, vers vingt et une heures. Et l'on attendrait minuit. Aux douze coups de l'horloge, il y aurait une surprise. Une grande surprise. Personne, absolument personne, ne devrait jamais en soupçonner le contenu. Ahmed devait jurer sur l'amitié et sur sa propre vie de garder le secret. Sans doute ne pourrait-il pas comprendre, ou peut-être que si, ils étaient si proches… Mais qu'il comprenne ou non, qu'il approuve ou désapprouve cet événement dont il serait l'unique témoin, il devrait le garder sous silence « jusqu'à la mort d'Odile, avait précisé Authon, et même davantage »…

Il n'était que trois heures de l'après-midi lorsque Authon avait parlé à son ami. Il restait de longues heures à attendre. Quoi ? Ahmed avait essayé d'imaginer la scène à laquelle il assisterait bientôt et qu'il devrait taire. Mais toutes les hypothèses qu'il émettait lui semblaient également effrayantes. La mort planait. Il en était sûr. Mais qui allait mourir ? Ce ne pouvait pas être Odile, du moins pas tout de suite puisqu'il devait pouvoir garder le secret jusqu'à sa mort, avait dit Authon, et cette échéance-là, ainsi énoncée, paraissait lointaine. Mort d'Authon ? Impossible, il n'afficherait pas une telle sérénité face à ce qui serait sa fin, et qui laisserait Odile démunie. Pourtant, il n'en démordait pas. Il y aurait mort. Oui, il en était vraiment sûr.

Sans se le dire, les trois amis se retrouvèrent vers vingt heures trente au salon, tous trois vêtus en habit traditionnel arabe de couleur écrue. Odile dont l'œil brillait de khôl et d'amusement leur fit remarquer qu'ainsi parés ils ressemblaient à trois grands prêtres prêts à célébrer une messe peu orthodoxe.

Lorsqu'ils passèrent à table sous le regard attentif et inquiet de la nouvelle petite bonne qui semblait si attachée à ses maîtres, les conversations légères générées par le champagne de l'apéritif s'étaient tues. Authon se leva cérémonieusement et dit cette phrase étrange :

– A notre dernier repas !

Puis il se rassit, et l'on servit les fruits de mer sur un lit d'algues vertes et de glace pilée.

6

En dépit de l'abondance et de la finesse des mets de ce dernier repas, personne ne se montra très gourmand. La conversation traînait. Authon faisait de visibles et méritoires efforts pour paraître décontracté. Odile, elle, parlait peu. Elle avait l'air émue. Ahmed remarqua que ce soir elle prenait double dose de ses pilules. Une idée lui traversa l'esprit : les malaises d'Odile étaient liés à son cœur. Il revit soudain sa mère à la fin de sa vie. Elle était gravement atteinte d'une angine de poitrine, avalant ses médicaments par poignées, s'accrochant à eux comme à l'improbable bouée d'un sauvetage désormais impossible. Sa mère avait sensiblement le même âge qu'Odile aujourd'hui lorsqu'elle était morte. La vision de sa mère défunte, si semblable à une vieille poupée cassée, le bouleversait toujours. Il fallait qu'il résiste au désarroi qui soudain l'envahissait. Le bordeaux, un excellent château-margaux 1975, ferait l'affaire. Il en avala un grand verre d'un trait, comme un ivrogne, sans en savourer le moelleux.

A onze heures sonnantes, ils étaient passés au salon où les attendaient le café et les infusions. Authon alluma un cigare. Il ne dit pas « le dernier », pourtant Ahmed eut le sentiment de l'entendre.

– Il ne reste plus qu'une heure pour mettre tout au point, dit Authon en soufflant des ronds bleus d'une fumée dense qui fit tousser Odile. D'abord te dire que je renonce à mes travaux de décoration. Je souhaiterais que tu vendes ma petite société. Je te passerai pour cela tous les papiers. La mise en vente officielle devra être faite d'ici une semaine. Je te suggérerai quelques noms d'acheteurs éventuels et te donnerai les procurations nécessaires à la transaction. Tout est prêt chez notre notaire à Paris. Il sait que c'est toi qui seras désormais son interlocuteur. En revanche, il ignore qu'Odile est au courant. Il estime que le mieux est de la tenir le plus éloignée possible de tout cela. Je lui ai donc dit qu'Odile ne devait en aucun cas être informée de mes projets. Je crois qu'il pense que j'ai des dettes de jeu. C'est parfait. En dehors de ça, rien de particulier.

Ahmed n'avait pas osé poser la moindre question. La petite bonne avait allumé un feu dans la cheminée, et le crépitement soyeux des bûches dans l'âtre remplissait la pièce. Authon s'était levé pour prendre le flacon de cognac sur le guéridon. Il en servit une généreuse rasade dans deux grands verres ballon qu'il posa en silence l'un devant lui, l'autre devant Ahmed. Il fallait boire et boire encore pour chasser l'angoisse qui se nichait partout dans l'ombre brune. Odile observait le feu d'un air vague. Elle avait peu bu, elle semblait fatiguée malgré l'éclairage propice. Elle finit par dire, plus pour meubler le silence que pour ouvrir une possible conversation :

– Petite fille, j'attendais ainsi le passage du Père Noël. Entre peur et excitation. Et dire que je n'avais jamais pensé que tout cela était un mensonge pour faire croire aux enfants que la vie est merveilleuse... Et le plus drôle c'est qu'elle l'est parfois, merveilleuse, sans qu'on ait besoin de mentir. Enfin, jusqu'à un certain point...

Sa phrase sombra dans le silence. Il n'y avait rien à répondre. Simplement à attendre ce temps que l'horloge mesurait de son tic-tac discret. Dans vingt minutes, dix minutes, huit minutes...

Dehors la pluie avait cessé. On commencerait même l'an neuf avec quelques étoiles et une lune aux trois quarts pleine, barbouillée de traînées nuageuses.

A moins cinq, Authon et Odile se sont levés. Ils se sont avancés vers Ahmed qui s'est levé à son tour, légèrement surpris, l'œil allant de l'horloge au couple.

– Nous voulons t'embrasser pour la dernière fois ainsi, tels que nous sommes et tels que plus personne ne nous verra, pas même toi. Sache que nous t'aimons, que nous t'aimerons toujours.

Ils l'avaient étreint l'un après l'autre. Odile avec une tendresse et une tristesse qu'il ne lui connaissait pas. Authon avec cette ardeur que les sportifs mettent dans leurs accolades. Puis ils avaient quitté la pièce.

Et lorsque le douzième coup de minuit retentit, Odile seule revint dans le salon où Ahmed attendait. Au premier coup d'œil, rien n'avait changé dans la silhouette de celle qui avait quitté sa place quelques instants plus tôt. Mêmes yeux cernés de khôl, même lassitude amusée dans le regard, même chignon très serré sur la nuque comme ceux des danseuses, même visage discrètement poudré, mêmes vêtements. Odile s'est assise devant le verre vide et le cigare inachevé d'Authon. Elle a repoussé les deux, d'un geste vif, comme pour faire place nette. Et là, Ahmed a vu que cette Odile qui l'avait rejoint portait des gants.

Elle surprit son regard, sourit, et dit avec sa belle voix timbrée de femme qui sait le charme de son phrasé :

– Authon alias Odon, alias Simon, a disparu à jamais. Désormais, pour tous, il est parti loin de moi. En un mot, il m'a quittée. Il était si jeune pour une aussi vieille femme… Et puis, en Italie, il semble qu'il ait eu une liaison sérieuse. J'ignore encore si c'est avec un homme ou avec une femme. Qu'importe, du reste. Ce qui compte et dont je me relèverai, parce que je suis une forte femme, c'est qu'il m'ait quittée, qu'il ait disparu, qu'il veuille demeurer introuvable, qu'il le demeure. Pour moi, dans mon cœur, Authon est mort.

A aucun moment, la voix n'avait failli. Pas la moindre intonation qui ne fût pas celle de la célèbre styliste. Pas le moindre geste qui ne lui appartînt pas. Ahmed était fasciné. Il savait tout, depuis longtemps. Mais il avait refusé de voir à quoi ces transformations ponctuelles de son ami pourraient aboutir. Aujourd'hui, il était là, abasourdi, comprenant enfin le sacrifice d'Authon – mais Authon accepterait-il le terme de sacrifice ? – qui avait offert sa vie à celle qu'il aimait pour lui donner un peu de cette éternité que les hommes rêvent de négocier avec le diable. Et, à défaut de la rendre éternelle, puisque lui non plus ne l'était pas, il prolongeait la jeunesse d'Odile en renonçant à être un homme, à être lui. Désormais, il serait Odile pour tous, jusqu'à sa mort. En ce 1er janvier 1985, devant son ami Ahmed consterné, ébloui, Odile Délie avait retrouvé ses quarante-neuf ans. Il n'y avait plus la moindre trace de tristesse sur son visage lisse. Une nouvelle existence s'ouvrait devant elle.

7

Il fallait bien se rendre à l'évidence : après cette éprouvante nuit du 1er janvier 1985, la vie ordinaire reprit ses droits. Du moins se réorganisa-t-elle de telle sorte que rien ne parut vraiment changer. Dès le lundi de la semaine suivante, Odile retournait à l'atelier puis au magasin. Elle avait chargé sa secrétaire de prévenir les employés afin qu'aucun ne fasse de remarques déplacées. Le communiqué officiel que cette dernière transmit à l'ensemble du personnel était concis et d'une clarté qui frisait la brutalité. Madame ne vivait désormais plus avec monsieur. Celui-ci avait quitté sa vie, Paris et même la France. Il ne serait jamais plus question de lui. Madame avait embauché un nouveau décorateur pour ses vitrines. En l'occurrence, une décoratrice. Elle arriverait la semaine suivante. Une très jolie femme, un ancien mannequin de la concurrence. Il faudrait l'accueillir et lui passer les *books* de son prédécesseur.

Bien sûr, on avait jasé dans le dos de la patronne. Cette séparation, répétait-on ici ou là, n'étonnait personne. On voyait bien que ce garçon n'était plus amoureux d'elle. Et c'était normal. Il préférait les hommes, c'était évident qu'il préférait les hommes. La preuve ? Avait-il seulement une fois flirté avec l'une des filles de la maison ? Pourtant, il y en avait de belles et qui n'auraient demandé que cela. Mais…

On avait regardé Odile sous toutes les coutures pour essayer de voir sur son visage parfaitement épanoui la trace d'une tristesse, d'un dépit, d'un malheur. Rien. Il n'y avait pas la moindre trace. Pire encore, on aurait dit que la patronne avait rajeuni. Oui, rajeuni comme si pendant ces vacances brèves de fin d'année – pas même dix jours entre Noël où elle avait invité ses collaborateurs et le 3 janvier – elle avait bu une eau de jouvence qui lui avait redonné ce teint clair de porcelaine qu'elle avait un peu perdu. En outre, elle accusait moins de rides. Comme si elle avait fait un lifting, quelques piqûres de collagène… Elle n'avait pas perdu son temps, la star. Elle gardait l'œil sec et lumineux. A d'autres plus sensibles les paupières gonflées, les poches, la mine défaite. Un sacré caractère tout de même. Chapeau !

Il s'en trouva néanmoins quatre ou cinq qui pleurèrent le départ d'Authon. Il était si gentil, si beau, si discret, si ceci et si cela… Enfin, la crème des hommes. Les pleureuses du groupe – qui comptait aussi un pleureur – mirent très vite un bémol à leurs lamentations. Pas question de se faire remarquer par Odile. Alors motus et au boulot !

Dans la peau d'Odile, Authon se sentait parfaitement à l'aise. Il était sûr de lui, sûr de son amour, sûr de donner à la femme de sa vie ce que personne ne pourrait jamais lui donner : un corps de trente ans plus jeune et des compétences à la hauteur de son propre savoir. Entre eux deux il n'y avait pas le plus petit espace. Leurs vies étaient unies par une couture invisible dont seul Ahmed connaissait l'existence.

L'organisation privée du couple devint, elle, plus délicate et en un sens plus frustrante. Odile, la vraie, que je désignerai par son nom de Délie, demeurait au château où la nouvelle Odile se rendait du vendredi midi au lundi matin. Ils n'avaient gardé près d'eux que la petite bonne de la famille, dont personne ne savait plus le lien exact de parenté qui l'unissait, de très loin, à la mère d'Odile. Cette aventure, à ses yeux insensée, l'effrayait au point de la rendre sourde et muette. On la disait un peu niaise, en tout cas pas très éveillée, mais fidèle et propre. Une brave fille en somme. Elle n'entretenait pas le moindre rapport avec le voisinage. Elle venait d'une campagne triste et se plaisait au château. Elle tenait le ménage avec discernement et sans l'ombre d'une fantaisie, mais elle savait acheter, préparer les repas. Et, en guise de récompense pour toutes ces heures occupées à dépoussiérer, balayer, cuisiner, elle soignait les fleurs avec cette passion désespérée des filles qui savent n'en inspirer aucune.

Délie passait le plus clair de son temps à lire, à dessiner et à se promener dans l'enceinte du château lorsque le ciel le permettait. Et, même si elle ne les avait jamais vraiment quittés, elle retrouvait, intacts, les lieux de son enfance. Désormais elle n'avait plus à paraître, mais à être simplement comme à cette époque heureuse de sa vie où, assise à l'ombre du grand cerisier parapluie, elle réinventait le monde sous le regard attendri de Rose la brodeuse. Elle se sentait devenir comme elle, à la fois créative, inventive et anonyme. Elle aimait cette sensation douce d'engourdissement qui la prenait à l'heure dite de la sieste – sieste qu'elle refusait de faire. Elle n'avait plus rien à prouver à personne, ni qu'elle était la plus grande, ni la meilleure, ni la plus belle. Quelqu'un avait accepté de la délier du poids de ces obligations trop lourdes. Elle pouvait enfin redescendre dans le monde des vivants ordinaires qui vieillissent doucement. Elle éprouvait un sentiment étrange qui ne l'inquiétait pourtant pas. Je suis retournée d'où je viens, pensait-elle. J'ai presque bouclé la boucle. Dans quelques mois, quelques années, j'irai rejoindre mes parents dans le caveau du jardin, au pied de la chapelle. Et ce n'était pas triste, simplement logique. Oui, la boucle serait bouclée là, au fond du parc, sous les cèdres majestueux. Elle y avait sa place.

Dans cette attente, sans l'ombre d'une angoisse, elle remettait ses pas dans ceux de sa mère.

Elle avait fait dépoussiérer et restaurer la maison du jardinier dans laquelle elle était née presque quatre-vingts ans auparavant. Elle y passait de longs moments à reconstituer les motifs des broderies que Rose avait créés et dont il restait de nombreux échantillons au château. Elle leur consacrait un carnet de croquis neuf qu'elle remplissait de dessins appliqués, fidèles, identiques, lui semblait-il, à ceux qu'elle réalisait, gamine, dans les ateliers Lisset à Méréville sous le regard chaviré de désir des trois premiers garçons qu'elle avait aimés.

Comme tout cela lui paraissait loin aujourd'hui. Et pourtant, elle se rappelait ce temps plus sûrement que les années 50 et 60 de son irrésistible ascension. En réalité, n'étaient en couleurs dans ses souvenirs que le temps de l'enfance et de la jeunesse puis celui qui commence avec Authon. Les autres étaient gris, de ce gris des ciels parisiens qui désespérait tant le jeune Authon à son arrivée dans la capitale.

Le savoir seul face à tous, jouant jusqu'à s'y perdre le rôle qu'elle ne pouvait ni ne voulait plus tenir, inquiétait Délie. Elle avait peur non pas de le perdre mais qu'il se perde dans ce corps de femme qu'il habitait avec sa petite cinquantaine et ce désir infini de la rendre invulnérable encore un temps. Elle craignait non pas qu'on le démasque – il ne portait pas de masque, il était au-delà des simulacres – mais qu'à force d'être elle, il oublie d'être lui. Qu'il meure sous le poids de cette autre peau, par asphyxie, comme meurent, dit-on, les gens qui se couvrent le corps de peinture, empêchant ainsi leurs pores de respirer.

Il n'avait jamais voulu lui dire à quel moment l'idée, l'envie, la force lui étaient venues de prendre sa place. Quand avait-il su qu'il l'aimait au point de franchir la frontière, l'ultime frontière, celle de l'épiderme qui couvre les corps mais surtout les sépare, les tient éloignés ? Et qu'est-ce qui dans ce projet fou ne l'avait pas effrayée, elle, si maîtresse de sa vie ? Des années durant, elle avait refusé de vivre sous le même toit qu'un homme simplement parce qu'elle ne supportait pas l'idée de se réveiller au côté d'un étranger. On fait l'amour avec un inconnu, mais on ne partage pas sa couche. Combien de fois s'était-elle, avait-elle, répété cette phrase ? Combien de fois l'avait-elle assenée aux autres ?

Peut-être avait-elle simplement cherché à connaître le bonheur de vieillir à l'ombre. Vieillir sans contrainte et se regarder à la force de l'âge au sommet de la notoriété. S'observer avec bienveillance dans le miroir, pour y lire la géographie intime de ses rides, et parader sur papier glacé, visage lisse et regard triomphant. Avec cette sagesse des femmes du peuple, Rose répétait souvent qu'on ne peut pas être à sa fenêtre et se regarder passer. Et cela horripilait la petite Odile qui avait tenté d'imaginer comment arriver à être sur le balcon et dans la rue en même temps. Mais rien ne marchait, pas même la corde accrochée au balcon et que l'on descend si vite qu'on peut presque être en haut et en bas en même temps. Oui, du plus loin qu'elle se souvienne, Odile Délie a eu envie d'être à sa fenêtre et de se regarder passer.

8

Ce n'est pas un hasard si cette année-là, qu'il a baptisée l'année de la métamorphose, Ahmed a passé de longs séjours en France. Il se sentait inquiet, craignait qu'on s'aperçoive de la substitution d'Odile par son amant et qu'éclate alors un scandale dont ses amis auraient du mal à se relever. En réalité, et sans qu'il s'en rende tout à fait compte, et surtout sans que personne ne le sollicite, il avait volé à leur secours. Cela faisait si longtemps qu'il n'avait pas vu en tête à tête son vieil Odon – il avait toujours eu du mal à le nommer autrement. Il était depuis de nombreuses années l'invité et l'ami du couple. Désormais, la séparation géographique des deux Odile lui permettait de retrouver celui qu'il appelait à présent Ode afin de ne pas commettre d'impair en public sans toutefois céder complètement au vertige de l'échange. Ils passaient de longues soirées ensemble à discuter. Parfois ils sortaient dîner ou allaient au théâtre. Et cette soudaine intimité les ramenait aux temps anciens de leur vie étudiante qu'ils goûtaient comme on savoure un été de la Saint-Martin inattendu, dans la monotonie d'un interminable hiver.

Au début, il avait du mal à entendre son ami lui parler avec la voix d'Odile. Qu'il soit habillé en femme le gênait moins. Puis il s'était habitué. Lorsqu'ils dînaient en tête à tête dans l'appartement parisien, Authon ne changeait rien à ses manières d'Odile. C'était comme s'il lui était impossible de revenir en arrière, d'habiter son ancien sexe.

– On ne reprend pas ce que l'on a donné, avait-il dit à Ahmed qui, timidement, l'interrogeait sur la façon dont il gérait son corps contraint.

Il ne le gérait pas. Il était l'autre, c'était irréversible.

Le seul écart qu'il se permettait alors consistait à ôter ses gants. Longtemps, ils n'avaient pas été un attribut d'Odile. Dans sa jeunesse, Odile Délie n'en portait que rarement. Plus tard, elle ne les quitterait plus. Ils dissimulaient la vieillesse de ses mains ; aujourd'hui, ils cachaient une peau trop lisse. Mais à Ahmed, Authon ne pouvait pas mentir.

Bien qu'il n'ait jamais osé aborder ce sujet trop intime du bonheur de ses amis, Ahmed savait qu'Odon était heureux, parfaitement heureux dans la peau d'Odile. Tout comme il soupçonnait qu'Odile vivait dans son château le temps étale de la sérénité.

Bien sûr, on avait jasé sur le nouveau couple d'Odile et Ahmed qui s'affichait en public. On disait qu'elle n'avait pas trop longtemps pleuré son bel éphèbe – un peu vieux, l'éphèbe, avait remarqué l'intéressé. Qu'elle avait encore tapé dans le rayon jeunesse, et que, quoi qu'on en dise, elle faisait de plus en plus jeune, la vieille.

Dans sa campagne, Délie imaginait facilement les racontars et s'amusait de la méchanceté des gens, de leur désir de s'immiscer dans la vie d'autrui.

Il avait été indispensable d'accueillir la presse. Pour cela, les Odile avaient coupé la poire en deux. Interview au téléphone de Délie, séance de photos avec Odile. Tout le monde en avait eu pour son argent. C'est à peine si l'on avait interrogé la styliste sur le changement de décorateur pour sa boutique parisienne. Elle n'avait cependant pas éludé la question, et répondu avec détachement qu'en l'absence d'Authon parti tenter sa chance à l'étranger, elle avait choisi une jeune femme qui lui semblait parfaite pour comprendre et interpréter les grandes lignes de ses collections futures. Elle ne changeait pas que de décorateur en somme, elle changeait de style.

Au château, la styliste disposait de tout son temps pour peaufiner les croquis d'une collection surprenante. C'est l'Odile de Paris qui choisissait les tissus, voyait les fournisseurs. La maison tournait comme une horloge parfaitement huilée. Jamais Délie ne s'était sentie trahie par les décisions d'Ode. Si elle avait eu à choisir seule, elle aurait pris les mêmes décisions.

Les pantalons larges et resserrés à la cheville, taillés dans des serges ou des gabardines de ton neutre — grège, sable, gris —, et les grands pulls jacquard qui les accompagnaient dans des teintes souris et bleu glacier firent écrire à la presse spécialisée : « La maison Délie fait peau neuve, retrouve son tonus, et gagne les faveurs de cette jeunesse libre et insolente qui, aujourd'hui comme jadis dans les années 40, a fait triompher la bien nommée "reine du dépouillement", alias Odile Délie. »

Les deux Odile avaient imaginé ensemble une nouvelle apparence, plus conforme aux dernières orientations de la maison. Le fameux chignon bas, serré et dûment blondi d'Odile, faisait un peu vieux, un peu austère. Il faudrait couper tout cela. Un dégradé très court sur la nuque, avec une raie sur le côté et une mèche coquine sur l'œil, collerait à merveille avec les tailleurs-pantalons, les grands pulls, les pelisses en fausse fourrure ou les canadiennes en peau de mouton retournée — vert bouteille, bleu pétrole, rouille — qu'Odile porterait, comme elle avait toujours porté les vêtements qu'elle proposait aux autres.

Ode avait d'abord coupé les cheveux de Délie, puis lui avait fait une couleur, un mélange de blond-roux et de blond cendré très réussi dont un de ces grands de la coiffure qui le tutoyait et l'appelait familièrement par son prénom lui avait livré le secret. Il n'était plus question que Délie soit vue chez un coiffeur à la mode ni même chez un plus modeste shampouineur d'Étampes ou de Méréville. Trop risqué. Quelques jours plus tard, Ode avait à son tour sacrifié son chignon, modifié sa coloration et habité la coiffure de Délie avec un naturel qui avait ébloui et troublé Ahmed. Il avait d'abord pensé : un sacré comédien, tout de même. Puis, à le regarder ainsi, tellement naturel, tellement à l'aise, il s'en était presque voulu d'avoir pensé qu'Ode jouait la comédie. Elle ne jouait rien. Il était évident que c'est redevenir l'homme qu'elle avait été qui serait désormais pour elle un rôle de composition.

C'est de ce changement d'allure des Odile, cheveux courts, vêtements confortables à tendance sport, que datent les premières toiles d'Ahmed de la série *Œuvres avec fantômes*. La première d'entre elles fut réalisée dans l'atelier du château. La toile est divisée en deux zones inégales et superposées. Ce que nous appellerons, faute de mieux, la terre est d'un bleu presque noir où se mêlent différentes matières – sables, tissu, huile posée directement avec le tube, papier journal. La terre occupe une large partie inférieure du tableau. Sur la partie supérieure, l'artiste a collé du jute effiloché qu'il a recouvert d'un vernis brillant vaguement teinté de brun clair. Entre les deux bandes, ne touchant pas la terre bleue, deux « fantômes » jumeaux tracés au fusain, silhouettes dégingandées de faucheux, vacillent sur un horizon improbable, tels des mirages. A l'intitulé générique *Œuvres avec fantômes* de cette première toile de la série, Ahmed a ajouté le chiffre I en romain. Il a rangé le tableau dans un des placards de son atelier du château afin que personne ne puisse le découvrir par hasard.

Ahmed consacra de nombreuses heures à décliner personnages, paysages abstraits et matières diverses. Il travaillait par intermittence, peignant trois toiles en quelques jours et ne travaillant plus pendant de longs mois. Ainsi composa-t-il les huit premières *Œuvres* en environ trois ans. Il finit le numéro VIII alors que Délie était tombée malade – rechute cardiaque. Dès lors, il renonça à consacrer à la peinture le temps qu'il passait au château. Il s'était senti plus utile au chevet de Délie. Elle ne s'était jamais plainte de sa solitude alors qu'Ode était retenue à Paris, mais elle avait accepté avec soulagement qu'Ahmed reste près d'elle quelques soirs par semaine. C'est là qu'il avait découvert le véritable visage d'Odile Délie à travers les magazines et les dossiers de presse accumulés depuis quarante ans, et qui dormaient dans les tiroirs de la bibliothèque. Il lui avait demandé l'autorisation de les consulter. Elle avait accepté sans enthousiasme.

– J'espère que tu n'es pas allergique aux acariens, ces trucs-là sont des nids à poussière.

Mais elle avait accepté. Elle qui, jusque-là, n'aimait guère se retourner sur son passé, n'avait pas l'air agacée par cet intérêt – « un peu ridicule mais charmant » disait-elle – qu'il manifestait pour sa carrière. Elle se mit aussi à lui parler de son enfance, de sa jeunesse, de ses premiers pas. Elle le faisait avec légèreté, sans regret, sans remords. Parfois, elle était obligée de s'interrompre pour reprendre ce souffle qui soudain lui manquait. Elle devenait alors très pâle, et le bleu pourtant clair de ses yeux paraissait presque noir. Mais elle ne se plaignait pas de son malaise. Et elle reprenait sa conversation au point exact où elle l'avait abandonnée, comme si l'interruption n'avait pas existé. Comme si tout cela, la maladie, la vieillesse, la souffrance – car elle souffrait, c'était évident –, n'était rien mesuré à l'aune de sa vie et de son amour. Oui, elle avait vécu, bien vécu, elle était une femme heureuse. Et en cette année 1988 – trois ans déjà qu'Ode avait pris publiquement sa place –, même si elle ne l'avouait jamais, car elle n'était pas femme à faire des aveux, Ahmed savait qu'elle était prête pour le grand voyage.

9

Les jardins du château étaient beaucoup moins soignés qu'auparavant. Un homme, retraité des chemins de fer, passait une fois par semaine pour s'occuper des pelouses. Les plates-bandes fleuries d'antan étaient mitées. Odile avait fini par renoncer à ces corbeilles qu'il fallait refaire sans cesse au fil des saisons. On planterait des rosiers nains, plus faciles à entretenir. Mais, en dépit de tout le soin qu'elle portait elle-même à ses arbres, à ses roses, le domaine, insensiblement, sombrait. Quelque chose prenait fin. Elle avait largement dépassé l'âge où son père le jardinier était mort. Après elle, l'homme de sa vie s'intéresserait-il encore à ce lieu qu'il aimait pour et par elle, mais qui lui était par ailleurs étranger ? Elle ne voulait pas imaginer ce que serait la vie d'Authon lorsqu'elle ne serait plus là. Et parfois, le soir, elle sentait monter en elle une tristesse qui ne devait rien à la peur de mourir. Quel serait le sort de celui qui était devenu elle et qui devrait lui survivre, faire face, la remplacer ? Dans le fond, l'idée que son image, son apparence corporelle continueraient à exister, alors qu'elle ne serait plus là, l'inquiétait plus qu'elle ne la rassurait. Avait-elle le droit de condamner un homme à vivre et à mourir sous ses traits, dans sa peau, alors qu'elle avait quitté le monde des vivants ? Aucune forme d'égoïsme n'entrait dans cette inquiétude. Il aurait été plus sain, plus simple, pensait-elle, que tout s'arrête avec sa propre mort. Elle aurait aimé dire à Authon qu'elle lui rendait sa liberté, qu'il avait encore une vie devant lui, et que cette vie ne concernait plus Odile. Mais ils étaient allés trop loin l'un et l'autre. Ils étaient entrés dans une fiction qui était deve nue réalité. Plus rien ni personne ne pourrait enrayer le cours des choses.

Elle crut pourtant trouver une sortie possible, à son sens favorable à Authon, lorsque, souffrant d'une nouvelle et très forte crise d'étouffement, elle demanda à la petite bonne d'appeler leur vieux médecin en urgence. Le docteur Blanc avait largement dépassé l'âge de la retraite, et avait eu un grand faible pour sa patiente, lorsque, il y a environ quarante-cinq ans, elle avait fait appel à lui pour la première fois. Authon était encore enfant, et Odile était la plus jolie femme qui fût. Le docteur Blanc, de quelques années son cadet – huit, dix, douze ? elle ne savait pas exactement –, était un jeune médecin que les mères de filles à marier regardaient d'un œil langoureux. On lui prêtait des aventures mais pas d'amour. Il tomba sous le charme d'Odile qui le trouvait bien trop vieux pour être digne de ses attentions. Il ne se passa jamais rien. Avant qu'elle ne se retire au château elle ne le voyait que rarement, mais une sorte d'attachement était né entre eux, qu'elle se refusait à appeler amitié, vu la minceur de leurs échanges. Mais, d'une certaine manière, il lui était fidèle. Il la respectait et l'admirait. Sans doute aurait-elle pu être la femme de sa vie... En lui, elle avait toute confiance.

Le docteur Blanc, qui était au chevet d'un patient dans un lointain village de Beauce, tarda plusieurs heures à se rendre chez Odile Délie. Folle d'inquiétude devant l'état critique de sa patronne, la petite bonne appela Ode à Paris. Le temps de sauter dans un taxi et de faire la route, Ode était là à l'arrivée du médecin. Désormais, un étranger savait tout de leur histoire. Il serait donc impossible de garder le secret. Ode redeviendrait Odon. Il le faudrait. Jamais le docteur Blanc n'entrerait dans leur mensonge. Elle s'était abandonnée à ses soins, rassérénée par ces pensées.

Le médecin n'eut pas, semble-t-il, l'air étonné en voyant une Odile debout, anxieuse, ne cherchant surtout pas à se cacher, et une autre effondrée dans les coussins de son immense lit. Avait-il déjà soupçonné quelque chose de leur osmose ? Il n'en laissa rien paraître. Il ausculta Odile, lui fit une piqûre qui l'endormit aussitôt et recommanda à Ode de ne pas quitter le chevet de la patiente. Elle allait mal. La gravité de son affection cardiaque, son âge et, dit-il sur le même ton, son désir apaisé de tirer la révérence laissaient prévoir une fin prochaine. Elle tiendrait encore un peu…

– Mais vous serez là, n'est-ce pas ? Jusqu'à sa mort et même au-delà, avait dit le médecin d'une voix sourde.

Ode avait acquiescé. Le docteur Blanc avait quitté le château. Il appellerait dans la soirée pour prendre des nouvelles. Ode le raccompagna jusqu'à la grille de sortie devant laquelle il avait garé une vieille voiture anglaise dont les chromes arrondis brillaient sous l'éclairage pâle de la route. Ils se serrèrent la main. Il sembla à Ode – mais, dirait-elle plus tard à Ahmed, elle n'en était pas vraiment sûre – que le docteur Blanc pleurait.

Délie tint bon encore deux mois. Les médicaments l'apaisaient et, malgré sa faiblesse, elle avait repris un certain dynamisme. Elle passait de longues heures à lire. Un après-midi de mars 1990, alors qu'un soleil hésitant jouait avec les nuages, Ode la découvrit endormie dans le grand fauteuil de la bibliothèque. Elle était pelotonnée dans le châle de lourde soie grège que sa mère avait brodé pour Mme de Ré. Au pied du fauteuil et au bout de sa main ouverte et froide, le volume de la Pléiade des romantiques allemands. Ode ne saurait jamais en compagnie duquel de ces écrivains enchantés son amour avait pris le large. Le livre s'était refermé en tombant, laissant à l'extérieur le marque-page de soie verte semblable à une virgule lumineuse sur la laine sombre du tapis.

Ode attendit la fin de la journée pour prévenir Ahmed et le docteur Blanc. Celui-ci arriva très vite. Il avait repris son air professionnel. Visiblement, il avait avalé une quelconque drogue pour résister à l'émotion. Il avait cette raideur que donnent les calmants. Ode se sentait incapable de verser la moindre larme. Le moment si redouté était venu. Il l'avait souvent imaginé pour se pré-parer à le vivre, pour s'aguerrir. Cependant, ce qu'il vivait ne ressemblait en rien à tous les simulacres. Il était seul. Totalement seul. Mais il était Odile. Il lui suffisait de se voir dans un miroir pour se rassurer. Il lui semblait que cette femme blonde et belle, malgré ses mâchoires contractées, et qui le regardait dans la glace, veillait sur lui. Il avait maintenant moins que jamais le droit de se laisser aller. Il lui faudrait de l'énergie pour deux.

Ahmed arriva à son tour. Le docteur Blanc était encore là. Ils se saluèrent du fond d'une infinie tristesse. Ode proposa de faire servir un thé. La petite bonne pleurait en sanglotant dans la cuisine, et l'on entendait ses hoquets derrière la cloison. Les deux hommes et Ode prirent place au salon après avoir transporté le corps de Délie dans sa chambre. Ils restèrent silencieux un très long moment. C'est le docteur Blanc qui le premier prit la parole.

– J'imagine que le décès de Mme Délie ne paraîtra pas dans la presse, n'est-ce pas ? Que pour tous, elle est vous, et vous êtes vivante.

Ahmed sursauta aux mots « vous êtes vivante » adres-sés à son ami. Non qu'il soit surpris qu'on emploie le féminin à son endroit, mais parce que, désormais, et la phrase du médecin en était la preuve, plus personne ne pourrait penser à lui ou s'adresser à lui sur un autre mode. Il était elle jusqu'à sa mort. Odile ne pourrait mourir que lorsque Ode mourrait à son tour.

Le docteur Blanc poursuivit de sa voix sourde :

— Je sais que tout cela est illégal, que je risque beaucoup en entrant dans votre logique. Mais j'ai... j'avais pour elle une affection très ancienne. Elle aurait apprécié que je vous aide. Nous avons souvent évoqué sa mort ensemble. Elle m'a dit bien des fois que sa place pour l'éternité est dans le fond du parc, dans la tombe où reposent ses père et mère. Par amitié pour elle, par fidélité, je la dispense et je vous dispense de permis d'inhumer. Nous savons tous ici que Mme Délie n'est pas morte. Une part d'elle va rejoindre sa place sous le grand cèdre. L'autre va retourner à Paris. N'a-t-elle pas toujours vécu ainsi entre deux mondes ?

10

Le récit touche à sa fin. J'ai du mal à me séparer d'Odile, du mal à rester seul avec tous ces fantômes. J'ai passé des années à remonter le temps, à chercher une logique dans mes souvenirs épars. J'ai voulu comprendre. Et j'ai compris que comprendre est moins important qu'aimer. S'il existe une parcelle de la vérité des deux Odile dans ces pages, elle est le fruit de cet amour qui des années durant nous a réunis, même lorsque nous étions très loin les uns des autres. J'ai accompagné Odile Délie à sa dernière demeure. Nous l'avons enterrée ensemble, Ode et moi, dans la tombe au fond du parc. La jeune bonne et le docteur Blanc étaient là. Mise à part la servante qui croit en toute sincérité au salut des âmes et à un Dieu de bonté mort sur la croix pour racheter tous les hommes, aucun de nous trois n'a pensé que l'âme d'Odile planait quelque part dans l'apesanteur des bienheureux. Est-ce pour cela que nous n'avons pas pleuré ?

A défaut de cercueil – difficile à acquérir lorsque aucun décès n'est déclaré –, nous avons couché Odile dans un long coffre de cuir clouté qui avait appartenu au grand-père d'Odon. Il était le seul objet véritablement personnel que possédait l'héritier des Kaplein… Il avait échappé aux haines antisémites, aux rigueurs des exils et aux ans. Odon y tenait beaucoup et m'avait raconté qu'il l'avait pris chez ses tantes quand il était venu vivre à Paris chez Odile.

— Je prends mon héritage ! avait-il dit en riant à Mélanie.

Mais celle-ci lui avait répondu sur ce ton grave et mélancolique qu'elle adoptait dès qu'elle évoquait le sort des Kaplein :

— Si un jour la vie t'est difficile, si tu te sens au bout du rouleau, regarde ce coffre et pense qu'avant toi il y a eu des hommes qui sont allés jusqu'au bout de leurs forces et de leurs rêves. Les choses qui ont survécu au malheur parfois nous parlent.

Longtemps Odon avait dit que cet objet sans valeur marchande était la mémoire des siens et donc sa mémoire. Il serait le dernier lit d'Odile.

Je ne me souviens pas de ce que nous avons fait ensuite. Il pleuvait une pluie fine et insistante. Ode voulait rester seule au château. Le docteur Blanc est rentré chez lui. J'ai regagné Paris. Quelque chose en moi était mort avec Odile Délie. Je n'ai revu Ode que trois semaines plus tard. Elle avait les yeux cernés, mais avait retrouvé son tonus. Elle se mit à me parler de temps anciens qu'elle n'avait pas connus mais qu'elle évoquait avec aisance. Elle avait visiblement passé beaucoup d'heures à étudier les dossiers de presse d'Odile et testait auprès de moi ses connaissances toutes neuves. Il y avait quelque chose d'attendrissant dans sa manière, si féminine, de parler des hommes qui avaient tenté de la séduire dans ces folles années 30 où ils avaient été nombreux à partager, certes brièvement, sa couche. Ode avait tout oublié de sa vraie vie, tout rayé. Il ne lui restait plus rien. Que le visage, le corps, la fortune, la célébrité d'une femme morte qu'elle avait aimée à la folie.

Ce soir-là de nos retrouvailles, j'ai pensé soudain qu'elle ne vivrait pas longtemps ainsi. Elle ne le pourrait pas. Ce devait être harassant, surhumain. Mais je savais aussi que jamais elle ne reprendrait ce qu'elle avait

234

donné. La peau transparente et fragile de ses tempes était de ce bleu pâle presque mauve des cernes d'Odile à la fin de sa première vie.

Nous nous sommes revus à maintes reprises pendant les trois mois qui ont suivi. Nous sortions en ville. Et il nous est arrivé de figurer dans les pages mondaines des magazines. Les photos nous représentaient le plus souvent souriants, un verre à la main. La lumière des flashs accentuait la pâleur nacrée du teint d'Ode. Et j'avais beau me dire qu'elle avait l'air heureuse, il me semblait deviner, là sur ces clichés inertes imprimés sur papier glacé, ce désarroi profond que je lisais parfois dans le regard des gamins perdus sur la plage ou dans un grand magasin et qui éprouvent soudain le vertige de l'abandon et de la solitude.

Parfois Ode invitait quelques personnes pour un dîner parisien. Des comédiens, des clientes, des gens du spectacle pour la plupart, avec lesquels elle n'entretenait que d'assez lointains rapports de courtoisie. Ils étaient en général flattés de se retrouver à sa table. Elle les accueillait avec ce faste qui avait fait sa réputation de grande dame des nuits chic de Paris. Dans ces moments-là, Ode était parfaite, drôle, insolente. Il n'y avait que moi pour percevoir, derrière le vernis de la femme du monde, les efforts déployés pour être à la hauteur. Les convives étaient toujours d'une éblouissante jeunesse. Elle n'invitait que rarement de vieilles connaissances d'Odile. Sans doute craignait-elle que leurs souvenirs soient plus riches que les siens. Elle assurait le présent et la partie émergée du passé mais se méfiait de ses lacunes nombreuses. Il est une connaissance de l'autre que seul l'amour vous permet d'avoir. Et cette connaissance-là, elle la possédait pleinement. Mais il y avait le reste, ce qui, disait Délie, était sans importance – les rivalités, les haines, les liaisons sans lendemain, les rencontres superficielles…

Une nuit, au sortir d'un de ces dîners réussis mais qui l'avait particulièrement épuisée, Ode m'a dit :

– Quand Odile était là, je savais que j'étais funambule. Désormais, j'ai découvert que je travaille sans filet.

Il lui restait le château pour reprendre son souffle, pour baisser sa garde, pourtant elle s'y rendait avec moins de fréquence que je ne l'aurais cru. J'ai fini par comprendre qu'une telle désertion de ce lieu privilégié était normale. En dépit des efforts qu'elle déployait, en dépit de son épuisement, Ode ressuscitait Odile lorsqu'elle était à Paris. Au château, Odile était absente, elle lui échappait. Elle ne pouvait pas ignorer ou faire semblant d'oublier qu'elle dormait dans le parc sous un cèdre centenaire.

Ode composa seule les trois collections suivantes, déclinant jusqu'au bout les concepts imaginés par Délie. La presse continua à applaudir, sans être pour autant convaincue. Cela manquait de nouveauté, de culot. C'était joli sans être tout à fait beau. « Du Délie pur sucre et sage », avait écrit un journaliste de *Vogue*. Trop fine pour être dupe, Ode avait compris qu'elle ne pourrait pas être Odile jusqu'au bout de sa personnalité. Elle pouvait l'imiter, la suivre, mais jamais créer à sa place.

Et je savais moi, qu'à cela, à cette absence de génie de la forme et de la matière qu'avait Odile, ni Ode ni Odon ne survivraient.

J'étais à Tunis lorsque m'arriva la nouvelle qu'Ode était tombée malade. Le docteur Blanc m'avait laissé un message sur mon répondeur. Deux ans presque jour pour jour s'étaient écoulés depuis ce lundi de mars où nous nous étions retrouvés au chevet d'Odile défunte. Je l'ai rappelé aussitôt :

– C'est grave ?

Ça l'était. J'ai sauté dans un avion pour Paris. Puis, à l'aéroport, j'ai loué une voiture pour rejoindre le château. J'ai repensé à ce précédent voyage qui m'avait conduit par des chemins buissonniers jusqu'au village d'Authon-la-Plaine. Je me sentais soudain très vieux et très triste. La jeune bonne est venue m'ouvrir. Elle avait le visage boursouflé, rouge, et les yeux pleins de larmes. Ode était dans le fauteuil de la bibliothèque où son amante s'était endormie. Elle avait considérablement maigri. Mais son regard restait vif, presque joyeux. Le moment était venu pour elle de s'abandonner, de se glisser hors du monde. J'ai remarqué tout de suite qu'elle ne portait plus ses gants. Je me sentais comme un naufragé sur un radeau fantôme qui verrait un à un les autres rescapés l'abandonner pour des horizons meilleurs. Le lendemain, le docteur Blanc est passé nous voir. Il avait toujours cet air triste des gens qui ont vu trop de choses dures et vécu trop longtemps. Je l'ai raccompagné jusqu'à sa voiture. Il m'a dit qu'Ode n'en avait que pour quelques jours, un mois peut-être. Je n'ai pas demandé ce dont elle souffrait. Il était trop tard et j'ai préféré penser qu'elle mourait d'avoir trop aimé. Je me suis installé au château pour un temps indéterminé. J'ai retrouvé mon matériel dans la cabane du jardinier qui m'avait si souvent tenu lieu d'atelier. Je m'y suis enfermé à plusieurs reprises. Je ne suis pas arrivé à peindre, mais j'ai dessiné. Des arbres de mon pays, des silhouettes d'hommes en djellaba, des femmes voilées, la maison de mon enfance, le minaret de la mosquée de Tozeur, près de la palmeraie. J'ai écrit le nom ou les caractéristiques de chaque dessin, de chaque personnage dans ma langue maternelle. J'ai eu le sentiment que cette plongée dans l'univers de mon enfance m'aidait à vivre le présent. J'ai montré mes dessins à Ode. Elle en a choisi deux représentant des hommes et des femmes sur une place de marché. Elle m'a dit sans tristesse :

— Acceptes-tu que je les emporte avec moi ? Odile les aurait aimés. Nous avons été si heureux dans ton pays.

C'est la seule phrase nostalgique qu'elle a prononcée. Le reste du temps, elle réglait ses affaires, parlait de peinture et de son enfance à Nîmes où elle n'était pas retournée depuis tant d'années. Elle aimait surtout le soleil et le vent, et l'austérité des paysages de ce Gard natal où elle n'avait gardé ni parent ni ami. Juste des sensations, des souvenirs, des images. C'est le sort des nomades, disait-elle en riant. Et je savais en l'écoutant que bien que mes lointains aïeux aient été bédouins dans le désert, le plus nomade de nous deux, c'était bien elle.

Authon-la-Plaine, alias Odon Laplaine, alias Simon Kaplein, est mort sous le nom d'Odile Délie un soir frileux de mars. Le permis d'inhumer fut délivré à ce nom par le docteur Blanc. Je n'ai pas eu à le supplier qu'il en soit ainsi. Il m'a tendu l'acte dûment rempli à ce nom. Il fallait à Odile une sépulture officielle. Elle serait donc inhumée dans le cimetière voisin, dans le modeste caveau de sa famille paternelle où reposaient déjà les grands-parents Délie qu'elle n'avait jamais connus. Visiblement, elle s'était inquiétée de sa sépulture et avait laissé les actes de propriété de la concession bien en vue...

J'ai tardé des années à écrire l'histoire des Odile. Dans le voisinage du château, il semble que certains ont eu quelques soupçons sur cette drôle de femme – « une star, sortie de rien, vous savez, la fille du jardinier et de la brodeuse » – si malade, mourante, et qui serait morte deux fois. On aurait prétendu qu'elle était morte en mars 1990 et pourtant, on l'avait aperçue après, errant dans le parc comme un fantôme. Pas longtemps. Un an ou deux. Puis elle était morte à nouveau. Enfin, vraiment morte cette fois. Et enterrée. Avec ces extravagantes, vous savez...

Les langues sont allées bon train quelque temps. Puis elles se sont tues. Le silence a toujours le dernier mot. Cette idée m'a semblé terrible. Les Odile n'allaient pas disparaître ainsi, dans l'indifférence qui, tels les ronces et les lierres dévorant le château et le parc, gomme jus-qu'au souvenir de ceux qui ont disparu.

*

Il ne restait plus qu'à recommencer de zéro. Qu'à reprendre le film à son début. J'ai rempli des carnets de notes, lu tout ce qui était disponible sur Odile, convoqué mes souvenirs. Je suis revenu à l'automne 54. Je nous ai revus si jeunes, insouciants.

— Je m'appelle Ahmed Belali, je suis tunisien. J'ai l'ambition de devenir peintre. Et toi ? Odon ? Quel nom bizarre ! Tu étudies le droit ? T'es un gars sérieux, toi. Et si on allait prendre un café ?

Dans le fond des yeux d'Odon brille une drôle de flamme. Je ne sais pas encore qu'elle s'appelle Odile. Il fait grand beau sur Montpellier ce jour-là, et le vent souffle de la mer. Nous n'avons pas vingt ans. Nous avons la vie devant nous...

COMPOSITION : PAO EDITIONS DU SEUIL

GROUPE CPI

Achevé d'imprimer en août 2002 par
BUSSIÈRE CAMEDAN IMPRIMERIES
à Saint-Amand-Montrond (Cher)
N° d'édition : 55719. - N° d'impression : 022975/1
Dépôt légal : septembre 2002.
Imprimé en France